一个人的奥林匹克

王兴东　等著

北 京 出 版 集 团
北京十月文艺出版社

序 PREFACE

谢谢您，罗格先生！

《一个人的奥林匹克》总制片人　王浙滨

全中国人民都会铭记那个时刻，2001年7月13日，国际奥委会主席萨马兰奇打开信封，向全世界宣布："2008年第29届夏季奥林匹克运动会的主办城市——北京。"

全中国人民也不会忘记那个时刻，2008年北京奥运会鸟巢闭幕式，国际奥委会主席雅克·罗格在致辞中说："这是一届真正的无与伦比的奥运会。"

2008年春天，当我历尽艰辛，拍摄完电影《一个人的奥林匹克》的时候，我心底竟然冒出一个念头：请国际奥委会主席罗格为影片题写英文片名。是天真的梦想，还是愚蠢的奢望？我很快打消了这个念头。但这个念头又一次次顽固地冒了出来。每当这时，我会对自己说，为什么不试一试呢？

我就是怀着这样忐忑的心情，向国际奥委会北京2008代表处提出了我的请求。国际奥委会北京2008代表处首席代表竟然是一位年轻的姑娘，她静静地听着我的讲述，也许是中国奥运先驱刘长春的故事打动了她，也许她从来没听说过七十多年前就有一个中国人站在了奥运赛场上，也许是我的诚恳加固执让她无法断然拒绝。总之，她答应了我，立即与国际奥委会联系。

几天后，她兴奋地打电话给我说，国际奥委会在罗格主席办公室看过影片的英文资料后，同意协调罗格主席在北京参加国际奥协代表大会期间与我会面。但希望尽快更多地了解有关这部电影及刘长春的背景资料。

我连夜请翻译将有关资料译成英文传给她，同时在网上搜索有关罗格主席的一切信息。

国际奥委会主席雅克·罗格博士，曾是比利时橄榄球队的一名队员，夺得过帆船项目的世界冠军。同时他还是一个出色的外科整形医生，获得了医学博士学位。精通荷兰语、法语、英语、德语、西班牙语等多个语种，并且对现代艺术情有独钟。1989年当选欧洲奥委会主席后，在国际体育界的影响迅速上升，2001年7月在莫斯科接替萨马兰奇当选国际奥委会第八任主席。作为国际奥委会在21世纪上任的第一位主席，他在上任之初就表示，将继续带领奥林匹克运动向正确的方向前进。

2008年4月6日，罗格主席抵达北京，4月7日下午在中国大饭店参加国际奥协代表大会。其间，国际奥委会安排罗格主席接见我和编剧王兴东，并为电影题写英文片名。

如此迅速的安排让我惊喜，也让我再一次相信那句话——“不试一试，怎么会知道自己不行呢”。我带上了早已准备好的四款纪念海报，4月7日下午准时来到中国大饭店。

在大厅里，不同国家、不同肤色的国际奥协代表大会的国际代表熙熙攘攘，用各种语言彼此交谈，让我瞬间置身于奥林匹克友谊和平的氛围之中。我们在国际奥委会的安排下顺利通过安检来到罗格主席的临时办公室，他在那里接见了我们。

罗格主席给我的第一印象是亲切温和、风度儒雅。他邀请我们坐在铺着墨绿色丝绒的会议桌前，谈话很快进入主题。会面之前，

罗格主席接见编剧王兴东、制片人王浙滨

国际奥委会北京2008代表处首席代表叮嘱我，罗格主席的时间表是按分钟计算的，必须用最简洁的语言讲清意图，会面时间最好控制在十五分钟之内。我简单地向罗格主席介绍了刘长春，他于1932年从上海漂洋过海到洛杉矶参赛，是中国参加奥林匹克运动会的第一人。这部电影虽然讲述的是七十六年前的故事，但通过这个故事向奥林匹克精神致敬，是献给2008年北京奥运会的一份礼物。罗格主席说，他知道刘长春的故事，很富有传奇色彩，把这样一位中国奥运先驱拍成电影不仅有历史意义，也有艺术价值，感谢你们，感谢中国的电影艺术家。

我们的谈话不知不觉已过了十分钟，我立即在会议桌上展开了四款设计不同的电影海报，讲明意图。罗格主席兴奋地看着，第一款黑白色调为主的海报是以刘长春本人为主题设计的，我说这款海报将赠送给刘长春的母校和亲属。罗格主席欣然在海报中央题写了英文片名“The one man Olympics”。接着，我又展示第二款海报，这款海报的主题是“起跑”，刘长春（李兆林饰）蹲在起跑线上，目光炯炯有神地注视着前方。我说，这款海报是我们影片的主海报，将在影片隆重的首映礼上展示给观众。罗格主席以欣赏的目光注视片刻，再一次在海报中央题写了英文片名。我抓住时机立即展示出第三款海报，我说，这款海报的主题是“站起来”，刘长春代表着四万万中国人站立在1932年的洛杉矶体育场上。这款海报将作为永久的纪念珍藏在中国电影博物馆。罗格主席再次一丝不苟地在海报上题写了英文片名。

这时，我犹豫了，因为我还准备了第四款海报，要不要再拿出来请罗格主席签名？因为我发现秘书小姐此时走到罗格主席身旁，脸上带着焦急的神情，但罗格主席依然从容地看着我。不能再犹豫了，我迅速展开第四款海报说，这款海报的主题是“奔跑”，刘长春虽然没有获得奖牌，但他没有放弃比赛，是奥林匹克精神鼓舞他、

罗格主席在《一个人的奥林匹克》电影海报上题写英文片名

激励他勇往直前，请罗格主席为这款最令人感动、最具象征意义的海报题写片名。我当时的神情一定很窘迫，罗格主席微笑着看着我，再一次提笔在海报上题写了“The one man Olympics”。这时，我没有忘记还有一个重要任务，随即迅速拿出宣纸，请罗格主席在宣纸上为影片正式题写英文片名，我们将印在影片的片头字幕中。

我没有料到，罗格主席风趣地看着宣纸发问：“可以用中文写吗？”

“用中文？”我一时愣住了，没有理解他的幽默，不知该怎样回

罗格主席为《一个人的奥林匹克》电影题写英文片名

答。此时罗格主席已经开始认真地用英文书写，一边写一边幽默地说："这可是我第一次为一部中国电影，在中国的宣纸上题写英文片名。"

在场的人都朗声笑了起来。请罗格主席一连五次为影片题写英文片名，我知道，我实在占用了他太多的时间。我将北京紫禁城影业公司制作的短片《中华人民共和国国歌》的胶片拷贝，作为礼物赠送给罗格主席，他欣然接受了。最后我又向罗格主席发出邀请，请他出席影片《一个人的奥林匹克》的首映礼。

罗格主席回答："好，只要我有时间。当年是一个人的奥林匹克，今天对于中国来说，是十三亿人的奥林匹克。"

罗格主席站起来与我们握手告别，合影留念。与罗格主席的会面远远超过了预定时间，我向在场的国际奥委会工作人员表达了歉意。至今我还记得，当我小心翼翼地捧着罗格主席签名的电影海报匆匆走出电梯，走出中国大饭店时，正是春光明媚，满目绿色，我情不自禁地喊了一句："谢谢您，罗格先生！"

2021年8月30日清晨，当我打开手机，看到了第一个消息：国际奥委会前主席罗格逝世。国际奥委会现任主席巴赫表示："整个奥林匹克运动都会为失去一位伟大的朋友和热情的体育迷而深切哀悼。他是一位有成就的主席，帮助国际奥委会实现了现代化和变革。他赢得了青年体育的冠军，并开创了青年奥林匹克运动会。

"为了向罗格主席表示敬意，国际奥林匹克大厦、奥林匹克博物馆以及国际奥委会所有属地都将连续五天降半旗。同时，国际奥委会还邀请所有国家（和地区）的奥委会和国际单项体育联合会，加入到这一纪念和致敬的队伍中来。"

与罗格主席短暂而难忘的会面在我眼前闪过，罗格主席亲笔题写的英文片名已镌刻在胶片上，永不磨灭……继《一个人的奥林匹克》之后，我们这个有着奥林匹克情结的团队，又接着拍摄了电影《许海峰的枪》。之后，历经三年创作，致敬北京2022冬奥会的电影《我心飞扬》已顺利关机。

罗格主席，没有机会请您再为影片题写英文片名了。待到电影《我心飞扬》首映式，我将会给您留出一个最好的座位，献上一大束鲜花，以此告慰您的在天之灵。

罗格主席，您担任国际奥委会主席十二年，情系奥运，魂系奥运，历史将永远铭记您对国际奥林匹克的卓越贡献，铭记您对中国奥林匹克发展的期望与寄语。

C 目录 ONTENTS

中国奥运第一人——刘长春

邹继豪

四十四年前，当我完成了学业踏进大连理工大学任教时，惊奇地发现，我面前的刘长春教授竟是中华民族跑进奥运会的第一人。在我心中，他是一个顶天立地的好汉！

1973年以后，我有更多的时间和机会与刘长春教授一起交谈，一起共事，一起研究问题。特别是在他的晚年，为了协助刘老抢救文史资料和编著《短跑运动》，我几乎与他形影不离。他的为人，他的人格魅力，他的爱与恨，他的那种热爱祖国、热爱事业的无畏、高洁、向上的精神，永远铭刻在我的记忆中，催人奋进！

有人问："七十六年前，中国第一个走上世界体坛的著名短跑运动员，为什么偏偏出在大连？为什么不是别人，而竟是大连的刘长春？"其实，当你了解了大连独特的自然、社会、政治、经济情况和刘长春的奋斗历程之后，这些疑问就迎刃而解了！

"兔腿"少年现身大连

1909年11月25日，刘长春出生在大连市小平岛河口村的一个贫苦的农民家庭。那里三面环山，南临大海，是一个景色秀丽的山村。

刘长春

刘长春的家就坐落在半山坡上，坡下是一片菜地，屋后是一条坡度不大绵延几百米长的小道。小时候，刘长春很受二祖父宠爱，每当二祖父上山开荒、打柴、种地、收割庄稼，总喜欢把小长春带在身边。小长春一上山就满山遍野地跑，春天鲜花盛开的时候，他喜欢采集五颜六色、艳丽多彩的花草；炎热的夏天，他便和村里的小朋友结伴到三里以外的浅滩游泳嬉戏，家的西南角有一条山间溪流从这里流过，常年流水不断；秋天，他如饥似渴地寻觅野果吃，常常很晚才回家；每到寒冬腊月，朔风呼啸，河面结成厚厚的冰层，正是小长春打出溜滑的好去处，一玩就是几个小时。

9岁时，一场瘟疫夺去了他母亲的生命。次年，全家搬到沙河口小刘家屯居住，刘长春进入西沙河口大庙小学读书。由于学校离家远，交通很不方便，每天上学要往返数十里，他天天早出晚归，一路上总是跑步赶路。1923年刘长春上小学五年级时，转入沙河口公学堂（现在的沙河口区中心小学校）。当时学校每年春、秋季都要举行全校性的田径运动会，在这一年举行的“关东州陆上运动大会”上，刘长春百米成绩是11秒8，400米的成绩为59秒，创造了当时大连小学生的最新纪录。人们盛赞刘长春“快腿”了不起，从此，把刘长春说成了“兔子腿”。以后，每当提起刘长春，人们自然就会想起他就是当年有名的“兔子腿”。

少年的刘长春，不仅跑得快，更有一股少有的顽强和刚毅劲。他就读的沙河口公学堂，同日人大正寻常小学是近邻。由于日本帝国主义对中国的侵略，日本学生见中国学生也常常肆意谩骂“チャンコロ”（意为中国佬和清国佬）挑衅，刘长春听了，按捺不住心头怒火，追上去就打。他跑得快，拳头打下去又有分量，日本学生碰上他就免不了要吃亏。有时他还带领一群中国学生同日本学生打架，公学堂的两个日本教员，一个名叫熊本，另一个名叫八并，他们得知后，曾几次把刘长春找去，使劲地打他的耳光，并在坚硬的洋灰地上狠毒地摔打他。可是刘长春并不畏惧，只要碰到日本学生骂人，他还是照样追打。一个名叫李盛衡的老师，看到刘长春敢同日本师生抗争，便格外喜欢和关心他。就是在这位老师的耐心启发下，刘长春暗下决心，要借体育发愤，将来一定要胜过日本，为中国人扬眉吐气。

刘长春在沙河口公学堂毕业后考入旅顺二中，不久就结了婚。因为家庭生活拮据，中学读了一年就辍学进了大连昌光硝子株式会社（现为大连玻璃厂）当描绘玻璃画工。1927年12月，刘长春在大连谭家屯运动场踢足球时，一个偶然的机会，被当时南下的东北大学足球队发现，破格录取到沈阳东北大学分校预科学习。进入东北大学后，立刻投入紧张的训练。当时，运动员们练得十分刻苦，沈阳一、二月的天气非常寒冷，跑道冻得像石头一样，跑动时震得胫骨很痛，会导致骨膜发炎，连走路都十分困难。不少人因此中止了练习。但是，刘长春却从来没有中断一次训练。通过一段时间的训练，他的身体素质又有了一定的加强。

对刘长春影响最大的，要算是当时一年一度暑期赴哈尔滨的训练和比赛。在那里每周训练五天，星期六下午必与哈市白俄侨举行田径对抗赛。在东北大学田径队赴哈前，哈市的中学生常与白俄侨比赛，由于实力相差较大，中国学生总是以失败告终。东北大学田径队员得知这个情况，决心要为中国人争气，刘长春更是跃跃欲试。1928年7月的一天，哈市的市民们看到东北大学与俄侨举行田径对抗赛的海报，平日很少关心体育比赛的人也纷纷前来观战。比赛一开始，刘长春在最拿手的百米赛一起跑就把俄侨队员甩在后面，直到终点撞线，始终把他们落在四五米开外。哈市的观众们，从高呼“加油!”转为欢呼胜利，似乎要把中国学生屡败受挫之情以火山爆发的气势喷射出来。当4×400米接力赛最后一棒落到刘长春手中时，已落后俄侨队员六七十米，中国观众刚刚升腾起来的热情，一下子又冷落下来。可是大出观众意料的是，刘长春跑了一圈（跑道长为270米）后，距离越来越近，接着又一个全力冲刺，反而领先10米夺魁。这惊人的神速，把俄侨裁判看得呆若木鸡，中国观众则欢呼若狂。比赛一结束，中国观众潮涌般地拥入会场，把刘长春高高举过头顶，以此来表达对中国人胜利的豪情。

东北体育的振兴，实始自张作霖遇难以后，张学良起而继承父业的时候。张作霖在世时，因为内讧频仍，无暇顾及体育，就是那一年一度的华北运动会，也曾被战乱中断了数次。张学良当时是东北边防司令兼东北大学校长，他在沈阳的北陵开辟了一处高尔夫球场，并建立了一所国际网球场，自己也常到那里消遣。借着张学良的热心和奖励，东三省的体育从阴郁的境地转向勃兴。

1929年由东北主办第14届华北运动会，会场设在东北大学运动场。因连年战祸中断的华北运动会，这次经张学良的竭力支持居然得以复活。身在东北大学代表队的刘长春，在此创造了百米10秒8的最高纪录。其时，中华体育界真是喜出望外，以为将来何愁不能与日、俄并驾齐驱呢！

张学良对刚刚结束的第14届华北运动会感到非常满意。这位爱好体育运动、熟悉国际体坛情况的将军和校长感慨地说："日本人体格劣于我们，但他们的田径队能战胜法国队，难道中国人就不能同欧亚名队争雄?"在他的倡导下，决定邀请德、日两国的田径名将，与之决一雌雄。为了举办这场对抗赛，张学良慨然出资三十万元，在沈阳北陵建立起一座有钢筋水泥看台的运动场（现为沈阳体育学院田径场）。马蹄形的观众席可容纳三万人，场内有500米跑道、200米直道。就在这一年的10月20日，中、日、德三国田径运动会第一天，张学良亲自到会致辞，观看比赛。百米决赛开始，刘长春和德国选手尼尔多拉赫尔几乎是并肩齐进，到终点撞线时，从看台上也分辨不出谁先谁后。裁判员宣布：尼尔多拉赫尔成绩是10秒5，第一名；刘长春到终点时，因转头之差，名列第二；日本的阿武和田中，名列第三和第四。进行200米决赛时，德国的威黑曼不愧是欧洲短跑名将，在开始落后于刘长春的劣势下，反而赶过刘长春两步。刘长春拼力追赶，但终以半步之差名列第二。日本的著名短跑健将中岛和今井，均被刘长春抛在后面。这次运动会后，刘长春得到了张校长的特别奖励，由东北大学副校长刘凤竹办理，每月发放奖学金三十元。

在沈阳举行的中、日、德三国田径运动会上，德国运动员取得的一个又一个优异成绩，把张学良给征服了。这位关心体育事业的将军、大学校长，看到德国田径竞技如此高超，认为只要取法德国，聘请德国名将当教练，中国的田径就可驰骋世界体坛。张学良不惜重金聘来布齐，布齐既是田径队的教练，又和刘长春一起陪练。刘长春的跑法在布齐的指导下日渐改进，跑速也在不断提高。

1930年4月初，中国为准备参加远东运动会，在杭州梅东高桥举行了第4届全国运动会。在杭州全国运动会上，辽宁的田径无人匹敌。刘长春一人就夺取了100米、200米、400米三个单项冠军。他的100米和200米成绩，不仅是国内最高纪录，也是当时远东最好成绩。大会的东道主杭州市政当局，为了褒扬他在这里留下的光荣纪录，特将一条马路命名为“长春路”铭记留念。从此，短跑名将刘长春的名字，不只载誉西子湖畔，也传遍了中华大地。

我是中国人　我只代表中国

1931年9月18日这天夜晚，日本侵略军向中国东北军驻地北大营和沈阳城发动了攻击。次日，东北大学的师生们，得知沈阳被日军占领，个个愤愤不平。当天午后，学校当局传达张学良校长的指示：“时局危急，立即停课迁校，疏散入关。”1932年2月间，东北近百万平方公里土地、三千万同胞，陷入了日本帝国主义铁蹄践踏之下。不久之后，伪“满洲国”傀儡政府成立。在这国破家亡的日子里，刘长春多次被迫往返于沈阳、大连和北京之间，在日本警察的严密监视下，历尽千辛万苦。

1932年五、六月间，大连的《泰东日报》连续发表了五次关于刘长春的报道。以“世界运动会新国家（指伪‘满洲国’）派选手参加，刘长春、卯喜泌（于希渭）出席赴美”为题，突出地介绍了刘长春的经历及其短跑成就，并预言他参加世界运动会有望获得好成绩。5月30日，又发表了以“世界运动会（伪）‘满洲国’决派刘（长春）于（希渭）参加”为题的报道。奥林匹克大会复电承认（伪）“满洲国”的建议，且要求速交（伪）“满洲国”国旗与国歌，以备届时应用。这些消息不胫而走，很快传到了北平、天津，引起了体育界、教育界，特别是青年学生和爱国人士的强烈反对，纷纷要求中国政府表态，揭露日寇和伪“满洲国”的阴谋。而南京政府对日、伪的这一阴谋却装聋作哑，唯恐得罪日本帝国主义，这就使日、伪的虚假声音越发真伪难辨。

这时离奥运会期一天天接近，全国上下，尤其是爱国心切的青年学生，为早日摘除横加在中国人头上的“东亚病夫”帽子，十分关心中国出席世界运动会代表的事。刘长春身受流亡之苦，对日寇侵华，对伪满傀儡政权盗用他的名义欺骗世人，更是痛恨切骨。为了揭露日、伪的阴谋，伸张中国人的正气，刘长春在1932年5月末的《大公报》上郑重发表声明：“我是中华民族炎黄子孙。我是中国人，我只代表中国，决不代表伪‘满洲国’出席第十届奥林匹克运动会。”“伪报所传，纯属虚构谎言。我的良心尚在，热血尚流，岂能忘掉祖国而为傀儡伪国做马牛……”报纸上的这一声明广为传播，日、伪的奸计不攻自破。在一片赤诚的爱国热情促使下，东北大学体育系的师生们，纷纷要求学校当局敦促中国政府，选派中国代表出席第10届奥运会，洗“东亚病夫”耻辱，壮中华民族国威。可是南京政府对此漠然视之，以所谓“经费不足”为借口，宣告不派选手参加。

1932年7月1日，在东北大学学生毕业典礼上，张学良身着戎装到会。他以北平绥靖主任、北平政务委员会常务委员、东北大学校长的身份，庄严宣布：“为粉碎日、伪阴谋，扬我民族之精神，本司令决定捐赠八千元（银圆）特派应届毕业生刘长春和于希渭为运动员，宋君复教授为教练，代表中国出席第十届奥运会。”

东北大学立即以张学良的名义，函电中华全国体育协进会主席

刘长春

张学良校长（中）在北平官邸接见即将参加第10届奥运会的刘长春（左二）、宋君复（左一）及郝更生（右二）等

王正廷，中华全国体育协进会董事、南开大学校长张伯苓，并由他们急电奥委会，为刘、于代表报名。奥委会很快复电同意。中国派出刘、于代表出席奥运会的成功之举，给日、伪当头一棒。

中华独子“单刀赴会”

在刘长春被宣布为中国代表之后，东北大学体育系的师生们，个个欢欣异常。为了确保刘长春顺利成行，避开日寇、伪“满洲国”的阻挠和暗算，对刘长春如何离平进行了周密研究。最后议定：乘人们不备之时，迅速离平去沪。就在北平市长周大文宴请刘长春的当天夜晚，刘长春在郝更生教授夫妇陪送下，悄然乘火车南下上海。7月3日，当人们从北平的一些报纸上看到“周市长宴请刘长春”

“刘长春不日将赴沪”的消息时，刘长春已在赴沪途中了。由于日寇派人对于希渭实行监视，以至公开出面阻拦，致使于希渭未能如愿成行。

7月8日上午，上海新关码头，数千名欢送的人群，拥挤得水泄不通。9时半，中华全国体育协进会主席王正廷走上码头浮桥，举行授旗仪式。在人们的热烈掌声和欢呼声中，刘长春和宋君复走上美国邮轮“威尔逊总统号”。10时整，汽笛长鸣，轮船离岸。就这样，中华民族第一个参加世界运动会的运动员，满载着中国人民的希望，向奥运会进军了！

邮轮经过二十一天之久的长途海上航行，赶在奥运会开幕前，于7月29日下午4时，到达了洛杉矶港。唐人街举行了空前的欢迎仪式，随后汽笛齐鸣，引出全街华侨扶老携幼夹道欢迎。鞭炮、汽车

美国洛杉矶第10届奥运会开幕式上，中国唯一的选手刘长春手持国旗入场。后面紧跟着：沈嗣良、宋君复、申国权、刘雪松、托平

喇叭声惊天动地，热闹异常。当晚，刘长春和宋君复住进奥林匹克村。中国国旗在奥运村高高升起。

7月30日下午2时，第10届奥运会开幕式开始。洛杉矶运动场上，三十七个国家的一千余名选手，在由五百人组成的大乐队为前导的鼓乐声中，依照国名第一个英文字母的先后排列，组成一支又一支壮观、健美的运动员队伍接受大会检阅。中国唯一的选手刘长春，高擎国旗在前，后面紧跟着临时拼凑的代表队成员：中国总代表沈嗣良、教练宋君复教授、申国权教授，留美学生代表刘雪松、托平（美籍，任上海西青体育部主任）。世界上人口最多的中国，却是派出选手最少的国家。而美国的选手，则是一支煞有气派的二百人的庞大队伍。执旗在前的刘长春，看着各国的选手队伍，特别是中美两国选手1：200的悬殊差距，这鲜明的对比，作为一个具有强烈爱国心的运动员，心情难以名状。

举行开幕式第二天的下午3时整，在没有消除旅途疲劳，体力没有得到应有恢复的情况下，刘长春就匆忙地走向起跑线。百米预赛第二组六名运动员，枪声响，刘长春像离弦的箭猛冲出去。“好！”“刘长春加油！”从看台上的十万多名观众中，传出了华侨应援团的高喊助威之声，从起跑到60米处，疾驰如飞的刘长春一直领先，70米处，后者追平；80米处，后来者居先；到终点，刘长春被第一名美国选手星卜森落下3米多，成为第五名了。预赛取前三名，刘长春落选。

8月2日下午3时，200米预赛开始，刘长春在第三组。从起跑到170米，刘长春紧随美国运动员拉·梅特卡夫，居第二位。刘长春尽管拼力奔跑，终因体力不支，心有余而力不足，在最后30米又被二人赶过一步，结果名列第四。刘长春在第二次预赛中再次落选。回到住处，两腿酸软难受。特别是两场预赛失利，有负国人重托的歉疚之感，更使他难过得连茶饭都不思了。就在这时，8月3日，刘长春刚刚吃过午饭，收到了从华盛顿发来的一封贺电：“刘长春先生：

刘长春在洛杉矶第10届奥运会赛场上

你代表中国首次参加奥运会，开创了我国参加世界运动的新纪元。你虽败犹荣。中国留美学生监督张。”

刘长春虽然未得锦标，却被破例邀请参加了大会举办的各项冠军聚餐会。会上，各国冠军对他极其诚挚地表示欢迎之意，也为他跑得不理想而深表惋惜和同情。

永远的奥运情结　未了的梦

1932年秋，日本在退出“国联”后更加肆无忌惮地向我国华北侵犯。当时的中国政府一味实行“攘外必先安内”，只许“睦邻亲善”，不许“抗日救国”的卖国政策。华北危在旦夕，更遑论收复东北了。在内忧外患的年代里，刘长春和几位东北体育界人士，基于“反满抗日”的爱国思想，并得到张学良及东北军政界名流的支持和帮助，在北平市召开了东北体育协进会成立大会。刘长春被选为总干事。这个组织，名义上是体育组织，实际上也是一个抗日救国组织。平时，它通过各种类型的体育比赛和训练工作，把流亡分散在平、津的东北青年（主要是学生）团结在一起，教育他们不要忘记“打回老家去”，要锻炼身体，准备战斗。

1933年，南京举办第5届全国运动会，全国各省市的运动员在“强行欢笑免为愁”的压抑气氛中参加了这次运动会。东北体育协进会在各方爱国力量的支持下，冲破种种干扰和阻挠，使流亡在关内的东北青年运动员，高举“辽、吉、黑、热”四省的大旗，昂首阔步地进入会场。就在这次运动会上，刘长春在左腿带伤，右眼上火戴上纱布的情况下（当时新闻界把刘长春称为“独眼怪杰”），创造了百米10秒7的全国最新纪录。这个纪录相当于当时奥运会的第五名成绩，而且作为我国百米最高纪录保持了二十五年之久。

刘长春在旧中国，依靠个人的发奋努力和张学良的栽培，在1929年至1936年间，可谓他运动生涯的全盛时期。这个时期，刘长春参加了二十余场大型比赛，其中包括1932年在美国洛杉矶举行的第10届奥运会和1936年在德国柏林举行的第11届奥运会、1930年在日本东京举行的第9届远东运动会和1934年在菲律宾马尼拉举行的第10届远东运动会。照例像刘长春这样身体素质全面、体壮如牛、意志品质坚强、有天赋的短跑运动员，在技术上和成绩上会更上一层楼的。可惜，时代的局限使他只能在国弱民衰的社会动荡中挣扎。低劣的训练条件、训练方法和保健水平，使他多次出现肌肉拉伤而

第18届奥运会主场馆：东京奥林匹克主体育场

草草赴会，致使他在几次向奥运会、远东运动会冲击时，不得不败下阵来，成了终生的遗憾。解放前的十年里，他饱尝了一个运动员不应有的遭遇和痛楚！

1949年初，全国解放的大局已定。三、四月间，刘长春等一批教育工作者被东北人民政府教育部接到长春市，进行为期三个月的学习，这位遍体带有旧社会伤痕的运动员，第一次投入人民的怀抱，成为东北师范大学体育系的教师，开始了新的生活。1950年9月，刘长春来到大连工学院（大连理工大学）任教，在教育岗位上辛勤耕耘，受到各级政府的特别重视，并获得崇高的荣誉。1959年，在北京举行的中华人民共和国第1届运动会胜利闭幕后的国庆招待会上，这位饱经风霜的老体育工作者、里程碑式的人物，代表全体运动员、裁判员向毛泽东主席敬酒。后担任第1届、第2届全国运动会的副总裁判。1975年，刘长春又应邀出席了邓小平同志主持的以周恩来总理名义举行的国庆招待会。在长期的革命工作中，他曾任全国第五届政协委员、中国奥林匹克委员会副主席、中华体育总会常委、中国田径协会副主席、辽宁省政协常委、辽宁省体育学会副理事长等职。他时刻关心我国体育事业的发展和运动水平的提高，对党的体育事业无限忠诚。在“文化大革命”期间，我国的体育运动遭到空前浩劫，几乎濒临瓦解的时刻，刘长春获悉在长沙举行全国田径运动会的消息，彻夜难眠，主动要求去参观比赛。他长途跋涉，不怕沿途劳顿，终于在开幕式后的第二天赶到长沙，自己买票入场，以一个普通观众的身份坐在看台上观看了比赛。这次比赛从组织工作到运动成绩都使刘长春大失所望，他怀着沉重的心情不时地叹息，憋着满肚子气回到大连。

拨乱反正后，刘长春真是喜悦。特别是1979年11月间，国际奥委会执委会在日本名古屋举行会议，做出恢复中国在国际奥委会中合法席位的决议的时刻，刘长春有感而发：“旧中国内忧外患，中华

刘长春在田径场上指导学生

民族到处受辱，那时，我只能眼巴巴地看着外国人的国旗在奥运会上升起，情不自禁地流下痛楚的眼泪。”四年之后，中国运动健儿在第九届亚洲运动会上第一次挫败日本，夺得了61枚金质奖章，取得金牌总数居首位的战绩。刘长春喜出望外，他极力赞赏中国女排过硬的技术和思想作风，并富有深情地说：“看到女排就看到我国体育的未来。教练员都要像袁伟民那样精通业务和具有牺牲精神。”

刘长春教授对别人是这样要求的，他自己也是这样做的。在他六十余年的运动和教育生涯中，矢志不渝地奋斗在教育和训练工作第一线，一心扑在教育事业上。50年代为辽宁省培养了大批德、智、体全面发展的大学生优秀运动员；1978年、1979年，在全国大学生田径通讯比赛中，大连工学院连续两年获得男子团体总分第一名的好成绩；就在他70岁高龄时，还向大连市体委毛遂自荐，要为国家培养少年运动员。

1980年，刘长春已经71岁高龄了，可他对祖国的体育事业，胸中仍然燃烧着一团炽热的火，他深切地向学校领导表达了埋在心底多年的夙愿，决心用余生抢救文史资料，并执意要写一本《短跑运动》献给同行们。当时他的健康状况一天不如一天，经常坐在病床上创作回忆录，断断续续地写成了数万字的手稿。当刘长春教授手捧《短跑运动》的成稿时，眼里闪烁着激动的泪花，自言自语地说：“我的愿望终于实现了！我的奥运梦想一定会实现的！”

时间在流逝，不觉这位身经百战饱经风霜的一代短跑名将、中华体育先驱、著名的体育教育家离我们而去已经二十五个年头了！曾记得，自1984年再次迎来洛杉矶奥运会，许海峰夺得中国首枚奥运金牌之后，中国运动员在世人面前展示了辉煌的业绩，这使九泉之下的刘长春足以安息了！然而，刘长春可能更没有想到的是中国竟于2001年申办奥运会成功。就在全国上下齐心努力迎接2008年奥

任职于大连理工大学时期的刘长春

运会之际，2004年春夏之交的一天，大连理工大学迎来了一位外表朴素却内修不凡的来访者，他就是电影《一个人的奥林匹克》的编剧王兴东先生。他怀着对刘长春的崇敬和仰慕之情，表达了要把刘长春首次代表中国参加奥运会的壮举和爱国情怀搬上银幕的创作意向，他的谦虚、热情和执着打动了我的心，我们从相识到相知，就刘长春的人格、时代背景、历史的真实等做了深入的交流。经过王先生近三年的潜心创作，终于在2006年底陆续推出剧本第一稿、第二稿、第三稿……以至后来，参与挑选刘长春扮演者、协助角色训练和参加拍摄过程等，为表现、再现刘长春的人物形象和内心世界，我有幸做了一点辅助工作，力求让银幕上的刘长春成为我们中间一个真实的活生生的刘长春。

让奥运英雄刘长春雕像成为大连的一座精神灯塔

王兴东

每次回大连，我像小船靠上家乡的码头，向往着那座精神的灯塔——中国奥运第一人刘长春雕像。

我做全国政协委员履职提案中，唯有这尊艺术的鼓舞人心的雕像，代表中华民族勇于竞争不甘落后的奥运第一人，大连人刘长春单刀赴会孤胆英雄的形象，永远固定为了城市的精神坐标。

记得为迎接2008年北京奥运会，我要创作一部电影剧本《一个人的奥林匹克》，表现代表中国首次参加奥运会的刘长春的先驱事迹。刘长春是第五届全国政协委员，在《政协文史资料选辑》第70期发表了《我国首次正式参加奥运会始末》，记录了他1932年只身前往洛杉矶参赛奥运会的往事。他曾是大连玻璃厂的工人，由于跑得快被张学良创办的东北大学破格录取，他的百米成绩为10秒8，是当时的全国冠军。“九一八”事变后，日本占领东北三省，让刘长春代表伪“满洲国”出席美国洛杉矶奥运会，被他毅然拒绝。为戳穿日本侵略者阴谋，表达中国人民企盼和平的愿望，他决心代表中国去参赛。张学良资助他八千银圆，他坐船在海上漂了二十一天，只身去了美国。然而，他在100米和200米预赛中就被淘汰了。

奥运造就英雄，英雄创造精神。1932年，刘长春只是一个23岁的大学生，已有妻儿家室，大连当时在日本侵略军的掌控下，他能不畏强迫威胁，拒绝代表伪“满洲国”，历经险阻，万里赴会，一个人代表一个民族，向着象征和平、友谊、公正的奥林匹克赛场奔去，他不畏强手的勇气让我感动。在民族危亡的时刻，为了民族的尊严敢于挺身而出，一路冲刺，单刀赴会的英雄气概创造了一种“刘长春精神”：一个人在民族危亡之际，毅然代表了本民族，不当汉奸，不留后路，身怀大义，一往无前，这种精神像巨大的磁铁吸引着海内外华人，这种精神像迅雷闪电把“东亚病夫”的帽子抛到太平洋，这种精神像暗夜里的火炬照亮了中华民族的奥运征程，这种精神激励着后人为实现民族伟大复兴的梦想而永远奔跑。

奥运会不是一阵热风，过眼无痕，奥运英雄不能走出赛场即成为消逝的背影。除了电影外，我希望能在大连市竖起英雄的雕像，让人们永远铭记这位为民族大业而建立功勋的先驱。我在全国政协做了提案，得到大连老乡徐沛东委员的支持。辽宁省政府办公厅为办好这个提案，专门派人找我征求意见。得知元文学等十七位大连市政协委员也联名倡议，说明这是民心所向，大连市政府决定在奥林匹克广场铸立刘长春的雕像。

提案容易落实难。中共辽宁省委委员、大连理工大学原党委书记林安西同志是我们这部电影的顾问，也是刘长春雕像的总负责人，作为党的高级干部，事事抓实，处处用心，协调各方，精心施工。他找到鲁迅美术学院雕塑专业毕业的雕塑家温洋，反复构思，精细设计，开始考虑了很多方案，最后决定用刘长春起跑的瞬间入题，因为他是中国奥运第一人，起跑代表开始，也是中国人奥运征程的开始。这样煞费苦心的设计，完全出于对英雄的崇敬，温洋教授分文不取，对于刘长春的景仰之情都融入雕像奔跑的英姿中。

王兴东在刘长春雕像落成揭幕仪式上

2008年8月5日，北京奥运会即将开幕之际，“中国奥运第一人”刘长春雕像在大连奥林匹克广场上建成揭幕，高3.8米，基座长6.4米，整体高度4.9米，重5吨，上边刻有原国际奥委会副主席、中国奥委会主席何振梁先生亲笔题写的“中国奥运第一人刘长春”的大字。我应邀参加了广场的揭幕仪式，活动现场有大连市的领导，有为雕像落成做出贡献的人们。我再次见到了林安西书记、邹继豪教授，其间还见到了刘长春第三子——中国工程院刘鸿亮院士，他是中国环境保护专家，他表示感谢大连人没有忘记他的父亲。我说，人杰地灵，您的父亲刘长春是这座城市的杰出代表，代表中华民族参加奥运，他的精神是不朽的，这座雕像就是城市的灯塔，永远鼓舞人们向前奔跑！

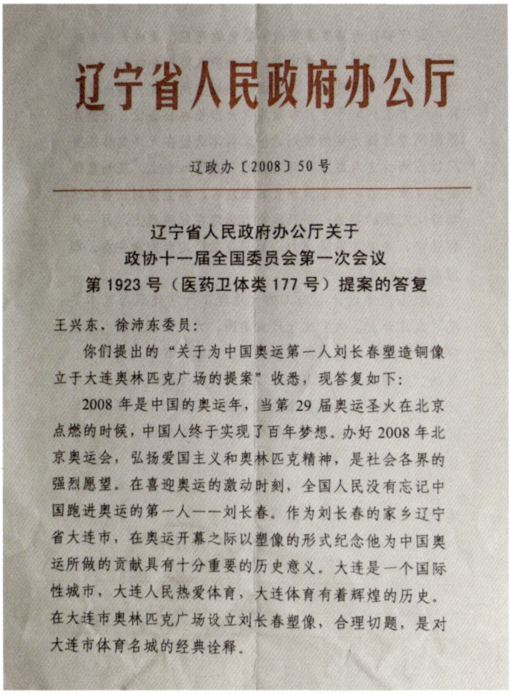

辽宁省人民政府办公厅

辽政办〔2008〕50号

辽宁省人民政府办公厅关于
政协十一届全国委员会第一次会议
第1923号（医药卫体类177号）提案的答复

王兴东、徐沛东委员：

你们提出的"关于为中国奥运第一人刘长春塑造铜像立于大连奥林匹克广场的提案"收悉，现答复如下：

2008年是中国的奥运年，当第29届奥运圣火在北京点燃的时候，中国人终于实现了百年梦想。办好2008年北京奥运会，弘扬爱国主义和奥林匹克精神，是社会各界的强烈愿望。在喜迎奥运的激动时刻，全国人民没有忘记中国跑进奥运的第一人——刘长春。作为刘长春的家乡辽宁省大连市，在奥运开幕之际以塑像的形式纪念他为中国奥运所做的贡献具有十分重要的历史意义。大连是一个国际性城市，大连人民热爱体育，大连体育有着辉煌的历史。在大连市奥林匹克广场设立刘长春塑像，合理切题，是对大连市体育名城的经典诠释。

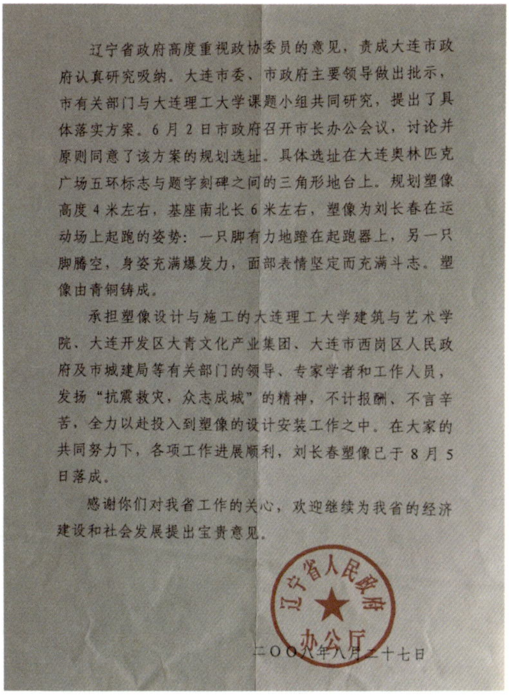

辽宁省政府高度重视政协委员的意见，责成大连市政府认真研究吸纳。大连市委、市政府主要领导做出批示，市有关部门与大连理工大学课题小组共同研究，提出了具体落实方案。6月2日市政府召开市长办公会议，讨论并原则同意了该方案的规划选址。具体选址在大连奥林匹克广场五环标志与题字刻碑之间的三角形地台上。规划塑像高度4米左右，基座南北长6米左右，塑像为刘长春在运动场上起跑的姿势：一只脚有力地蹬在起跑器上，另一只脚腾空，身姿充满爆发力，面部表情坚定而充满斗志。塑像由青铜铸成。

承担塑像设计与施工的大连理工大学建筑与艺术学院、大连开发区大青文化产业集团、大连市西岗区人民政府及市城建局等有关部门的领导、专家学者和工作人员，发扬"抗震救灾，众志成城"的精神，不计报酬、不言辛苦，全力以赴投入到塑像的设计安装工作之中。在大家的共同努力下，各项工作进展顺利，刘长春塑像已于8月5日落成。

感谢你们对我省工作的关心，欢迎继续为我省的经济建设和社会发展提出宝贵意见。

辽宁省人民政府办公厅

二〇〇八年八月二十七日

王兴东与刘鸿亮院士参加刘长春雕像落成揭幕仪式

城市的精神往往可以从这座城市的雕塑来识别，我们在欧洲城市看到的许多城市雕像，著名的科学家、艺术家、思想家都曾让我们驻足沉思。刘长春雕像如今成为大连市的标志之一，被评为全国城市雕塑建设项目优秀奖。耸立在美丽的海滨之城，敢为天下先，孤胆闯世界的精神，将成为这座城市的精神基因。

当今，世人的目光高度关注着大连，中国两艘航母在大连下水出港，谱写了中华民族复兴强国的新篇章……

从电影形象到城市雕像，刘长春是我心中崇拜的奥运英雄。

2020年7月

★ 电影文学剧本

一个人的奥林匹克

编剧　王兴东

1. 现实·大连理工大学刘长春体育馆前

一尊雕像在雨雾中，整体模糊，局部清楚。

细小的雨珠在肌肉隆起的肩头上滚爬……

如弓的脊背。

伏地的手。

后跷的脚。

蹲下的腿部肌肉条块鲜明有力。

雨珠从眉宇间滚到那双不屈的眼睛上，眼睛直视前方。

高挺的鼻尖上一滴滴滑落的雨滴，近乎汗珠。

耳朵。

嘴唇。

胸前的背心上雕刻有“CHINA”字样。

片名:《一个人的奥林匹克》

一系列的人体局部特写镜头，一块块比岩石坚毅的肌肉中，表达着人物蓄势待发的冲击力。

在雕像各部位上出演职员表。

第一章　为谁出征

2. 沈阳东北大学校内

字幕：1931年9月　日本关东军发动“九一八”事变后

激烈的枪声，全副武装的日本关东军冲入东北大学。

一些愤怒的学生上前阻挡，其中一个体育系学生李洵（25岁）打出标语：“反对日本占领东北大学。”

日本关东军向学生们开枪，人群顿时一片慌乱。

校长张学良将军的大幅画像被日军践踏在地上。

一队关东军从走廊追逼着李洵跑来。

李洵跑到教室里，跳窗而逃。

3. 东北大学内·汉卿体育场

高高的围墙后，探出惊恐的李洵，他翻过墙头，见体育场内中德大学生的对抗赛正在进行，想叫喊，又止。

六位中国和德国运动员已经蹲踞在起跑线上。

德国教练布齐（40岁）举起发令枪，最后扫视着现场。

一个没用起跑器的中国运动员刘长春（23岁），回身修整蹬地的起跑靴，一脸的从容。

高大的德国运动员准备起跑。

边道上，关波（22岁）脖子上挂着一个绿色岫玉小弥勒佛，线绳吊垂胸前微微晃动，让人心生紧张。

几只秒表，准备计时。

场外黑板上，写着："中国东北大学—德国柏林大学友谊赛"。

"预备！"

布齐举起发令枪，400米赛就要开始。

六位运动员从容地挑起臀部，准备起跑。

静。

砰！一声特别枪响。

运动员闻声起跑，如子弹齐射。

布齐疑惑地看着没有打响的发令枪，一回身，场内拥进了持枪的日本关东军，他感到意外。

选手在跑道上奔跑。

秒表飞快地计时。

一个关东军的士兵企图挡住跑道，叫停下来！

冲过来的选手抱住他，一同跌出跑道。

被激怒的两个关东军站在跑道前鸣枪，喝令停止。

一个东北大学的选手愣住，被恫吓得停下来了。

德国运动员沃贝克略有迟疑，见身边的刘长春依然向前，继而追上。

刘长春不管不顾，一副遗世忘我的超然状态，全神贯注地奔跑。

关东军挤向跑道，一排人叫嚷着停下来。

布齐被运动员的专注精神感动了，大声叫喊："向前！"

从墙头上翻进场里的李洵，喊："刘长春，加油！"

刘长春在向前………

沃贝克在向前……

关波在向前……

弯道处，关东军摆上一辆摩托车，企图阻挡。

沃贝克毫无停顿地绕行奔跑，速度不减。

刘长春紧紧咬住不放，从另一侧绕行。

一个德国运动员撞上，停下。

进入最后五十米冲刺。

刘长春在中道，目不斜视，摆动双臂，势不可当。（高速拍摄）

沃贝克也在拼命角逐……

场内，布齐命令学员们拉起终点线绳。

几个端起刺刀的关东军有意站在终点线前。

刘长春、关波、沃贝克向前冲去，准备撞线，其势如旋风卷来。

观望的同学们爆发出一阵呐喊："刘长春加油！"

关东军面无表情，却看到刺刀缩回到终点线后。

刘长春像猛狮扑来。

沃贝克与他并肩撞线，冲向终点，推开了关东军的刺刀。

布齐激动地冲过去，拥抱了刘长春，拥抱了沃贝克。

秒表停在计时上。

关东军围上一排人来。

布齐教练表示不满。

关东军小头目："你是干什么的？"

布齐："张学良校长请来的体育教练。"

关东军："你是俄国人？"

布齐："我是德国人布齐，我反对你们占领学校，破坏比赛！"

关东军傲慢无礼地说："沈阳已经是关东军的了，这里不归张学良管了。你们统统解散回家！"

僵持。

学校大楼上已换成日本国旗了。

关东军在驱赶众人，人群一片沮丧和愤怒。

刘长春："布齐教练，公布一下我们的成绩好吧。"

布齐不顾阻挠，走到高台上："同学们，我在东北大学执教一年，即使我们现在分手，最后的比赛也让我终生难忘，你们意志顽强，勇于拼争。400米的最后成绩是，沃贝克49秒，刘长春49秒，关波49秒8……"

刘长春："奥林匹克的纪录是47秒6，对吗？"

布齐："对，英国人埃里克·利迪尔创造的。"

刘长春："我在天津见过他。"

布齐："希望我的学生能超过他。知道吗？你使用起跑器，速度可能更快一些。"

刘长春："我用不惯那玩意儿！"

布齐："可以试一下，沃贝克，把你那件留给他吧。"

沃贝克把一件起跑器送给了刘长春。

关东军很尴尬地站在一旁。

布齐拍着刘长春的肩膀，无限惜别地说："我很想带你们去奥运会跑一把，只有在世界大赛中，才能提高自己，没办法，战争来了。

再见了，中国的同学们，奥林匹克见吧！”

两人拥抱，刘长春看着手里的起跑器……

4. 东三省沦陷

在一片爆炸声中，日本关东军进攻东北的资料片叠印在东北地图上。

字幕：日本关东军很快占领了中国东北，1932年3月9日成立了伪“满洲国”。

旅顺关东军司令部挂有日本国旗和伪“满洲国”国旗。

5. 旅顺关东军司令部放映厅

……张学良接见刘长春并授予银质奖牌的照片停留在银幕上。

……幻灯片放出了关波奔跑的照片、李洵跳高的照片。

几个关东军的要员在看黑白幻灯片。

……刘长春在华北运动会冲刺撞线的镜头。

特高课长宫本一雄（38岁）在讲解：“这是他在华北运动会，100米冠军，成绩是10秒8……”

本庄大佐（50岁）：“这个人参加过世界大赛吗？”

宫本一雄：“没有。”

本庄大佐：“10秒8，你相信吗？”

宫本一雄：“刘长春的外号叫兔子腿。”

本庄大佐：“兔子腿？”

宫本一雄：“他的起跑很特别，对枪声的反应十分灵敏。”

本庄大佐：“耳朵也像兔子？”

宫本一雄：“他受过德国教练的良好培训。”

本庄大佐："我们日本运动员和他赛过吗？"

宫本一雄放映刘长春和日本运动员中岛比赛的镜头。

宫本一雄："这是去年他和中岛、今井在远东运动会上，他们是朋友。"

本庄大佐："看来他对我们日本很友好。"

宫本一雄："这三位都是大连人。"

本庄大佐："统统地找到他们。"

6. 大连海边沙滩

一双男孩小手掬起细沙装入布袋里，妈妈姜秀珍（24岁）用针线缝制沙袋的封口。

小鸿宝（4岁）把缝好的一个灰布细长的沙袋送给躺在沙堆里的刘长春。

刘长春心情沉郁地抓弄着沙袋。

姜秀珍："长春，起来，陪儿子跑两圈。"

刘长春："我累了。"

姜秀珍："还没跑你就累了？"

刘长春："累。"

姜秀珍："别像孩子似的，沙袋给你缝好了。"

刘长春："我闲着就累。"

姜秀珍："爹托人给你找了个差，你准爱干。"

刘长春："干什么？"

姜秀珍："当体育老师，说你去薪水当面商量。"

刘长春："我不想去！"

这时远处有游走挑担的小贩叫卖："糖炒栗子、冰糖葫芦！"

小鸿宝凑近刘长春："爸，那有卖糖炒栗子的！"

刘长春看了一眼，摇头："儿子，咱不买糖炒栗子。"

小鸿宝："他还卖冰糖葫芦呢。"

刘长春："让你妈给买。"

姜秀珍："鸿宝咱不要，好孩子，等爸爸找到工作挣钱，给你买。"

小鸿宝看了看爸爸，拿起了信号枪摆弄着："我不爱吃甜的。爷爷说小孩子吃糖，要掉牙的。我不要。"他望着那个小贩走远了。

姜秀珍："长春呀，咱一家人总不能光靠爹那把掌鞋锤子，体育健将也得养家糊口。"

刘长春有些不耐烦地闭上眼睛："养家糊口，养家糊口。"

小鸿宝悄悄地钩响了发令枪。

砰！

刘长春本能反应，猛然跃起，欲跑。

姜秀珍忍不住笑了。

刘长春把沙袋捆绑在小腿上，牵着儿子向大海走去。

姜秀珍把针线别在胸襟前，海风吹起蓝布褂子，她已有身孕，望着丈夫、儿子追撵在海边，眼里掠过一丝温馨。

7. 一所中学

刘长春随一位校长走进教室。

"我们就缺一位有经验的体育老师，欢迎你来。"

刘长春透过教室窗户，看到老师把黑板上的汉字全擦掉了，只留下旁边的日文，传出一片日语的朗读声。

刘长春："你们这不是中国人的学校吗？"

校长："现在是满洲国了，必须学习日语。"

刘长春脸色一沉，摇头走开。

校长："你要放弃这份工作？"

刘长春犹豫着停住片刻，还是走出了校门。

8. 街头

刘长春走在街上，两旁店铺都挂着伪"满洲国"旗。

偶见一辆人力车拉着日本艺伎穿巷而过。

小贩们叫卖着糖炒栗子、冰糖葫芦，不绝于耳。

9. 一家当铺

一枚银质奖牌拿到老板的手里，他打量着站在柜外的刘长春，用牙咬试一下奖牌。

“华北比赛的冠军牌，你的?”

刘长春:“朋友的，给个价吧。”

老板伸出三个手指头。

刘长春伸出五个指头。

老板伸出四个指头。

成交。当铺老板给他四张伪“满洲国”纸币。

街头，宫本一雄一直在窥视着刘长春，此人日语汉语皆通，瘦矮文雅，近视镜后闪动着老谋深算的眼睛。

10. 通向刘长春家的平民区街道

刘长春踽踽独行在窄小的街道。

街道“刘记鞋店”招牌下，门口站着小鸿宝，远远地看着刘长春，他转身进屋了。

姜秀珍走出，看见刘长春手里举着几串冰糖葫芦，提着酒肉。

“爸爸!”小鸿宝高兴地叫了一声。

姜秀珍兴奋地说:“你找到工作了!”

门外墙上悬挂着用长长铁丝穿起晾晒的偏口鱼。

小鸿宝高兴地吃着冰糖葫芦，还递给妈妈一串……

刘长春看着妻子满足地笑。

11. 刘长春家

一家人坐在炕桌上吃晚饭，家常菜、饼子、咸鱼、大葱、大酱。

小鸿宝拿条鱼递给刘长春:“爸爸这是您爱吃的。”

刘长春拍拍儿子脑袋:“好儿子，饼子就咸鱼，身体赛头驴。”

墙上，挂着各种运动会得的奖牌奖状。

刘长春倒了酒："爹，喝一盅。"

父亲刘兆琇（58岁）："喝，刚报到就发薪水，这年头，找个教体育的工作就不易呀！"

姜秀珍："爹，长春还给您买了一副老花镜。"

小鸿宝拿给刘兆琇戴上。

姜秀珍："爹，合适不？"

刘兆琇："我儿子嘛，知道爹的用场，合适。"

刘长春下意识地看着地上的起跑器。

刘兆琇："喝酒，你别看那玩意儿。"

刘长春："我还没找到理想的工作。"

刘兆琇："长春呀，守着老婆儿子，一家人乐乐呵呵，知足吧！"

刘长春："爹，来，喝酒！"

门外，有一辆黑色小轿车停下来了。

全家人惊奇的目光。

12. 大和宾馆

在两个日本宪兵的引领下，刘长春走过华丽的宾馆长廊。

在两个日本便衣的带领下，关波、李洵从另一条廊道走来。

13. 大和宾馆豪华宴会厅

一桌盛宴。宫本一雄热情地举杯：“……恭请三位健将出山，有一事想与你们商量。”

关波：“宫本先生何事如此盛情?”

宫本一雄：“先喝下这杯酒吧!”

三人未动。

宫本一雄：“今年七月，在美国洛杉矶举办第10届奥林匹克运动会，想请你们参加。”

三人感到意外!

刘长春看了一眼关波。

关波颇有兴致："洛杉矶？"

宫本一雄："没去过吧？"

关波摇摇头。

宫本一雄："来！先喝一杯。"

三人饶有兴趣地喝酒。

宫本一雄："知道你们都没参加过，四年才有这一次机会呀！"

刘长春眼睛闪现跃跃欲试的渴望。

关波脸上掠过一丝疑惑的神情："就我们三个？"

宫本一雄胸有城府地摊开资料："世界大赛当然要最好的运动员。关先生的800米，李洵在华北运动会上创下的跳高纪录，我这儿有据可查。"

桌上的资料照片。

宫本一雄："刘先生百米10秒8，前年，在杭州运动会拿了100米、200米和400米的三项冠军，久仰啊！"

关波："宫本先生了如指掌。"

在众多的照片中，他把一张照片展示出来："这是你们与400米奥运冠军利迪尔在华北运动会的合影。"

关波看着刘长春感到惊讶："哪儿弄到的？"

宫本一雄："奥林匹克是每一个运动员的梦想，梦想走来了，需要你们为大连人，去洛杉矶一决高低，意下如何？"

突来的好事，三人怔住。

宫本一雄："不想与世界强手比试比试？"

刘长春看着关波。

宫本一雄："说中国人是东亚病夫，我是反对的。如果你们能站在世界跑道上一展身手，那是最好的回答。"

关波兴奋地捅了一下刘长春。

刘长春举杯："为奥林匹克！"

14. 大连满铁医院

在宫本一雄的监督下，日本医生在给刘长春、关波、李洵进行体检。

三人全裸的背影通过外科检查，背部隆起的肌肉，呈现出运动员健美的体质。

15. 医院的窗户走廊

宫本一雄陪着关东军本庄大佐，从窗外能观察到运动员的检测情况。

本庄大佐（日语）："……三个人，胜过一支军队的威力。"

宫本一雄（日语）："已经给他们报上名，国旗、国歌已经寄给奥委会了。”

本庄大佐（日语）：“好！张学良在战场上得不到的，在赛场上同样得不到！”

宫本一雄（日语）：“要不要请东京方面来个教练？”

本庄大佐（日语）：“教练？你就可以了。”

宫本一雄（日语）：“不行，我想争取奖牌的。”

本庄大佐看到刘长春做肺部透视，嘴角露出不易察觉的欢喜：“只要他们在赛场上站一下，就等于世界承认了满洲国。”

16. 大连体育场

李洵刚刚试跳过一个高度，沙坑正在平整。他坐在长凳上休息，喝水，顺手打开新送来的《泰东日报》，看到醒目的标题和照片：《刘长春、关波、李洵代表满洲国参加第十届洛杉矶奥运会》。

李洵脸色骤变，急忙换上衣服，收场要走了。

陪练人员：“李先生，不跳了？”

李洵头也没回地离开了。

17. 关东军宫本一雄的办公室

李洵指着报纸：“……你只说我们是大连人，没说我们要代表满洲国。”

宫本一雄：“大连属于满洲国，你当然是满洲国派出的代表。”

李洵：“世界上承认满洲国了吗？”

宫本一雄：“作为新国家，奥运会当然欢迎，你有顾虑？”

李洵：“有！”

宫本一雄：“请说明白。”

李洵："谁都清楚，满洲国是你们日本占领军在东北扶植出来的，如果我代表这样一个国家出场，中国人会谴责我是汉奸。"

宫本一雄："你什么意思？"

李洵坚定地说："让我放弃吧。"

宫本一雄寻思片刻，客气地说："我尊重你的意见。来人，送李先生回家。"

李洵："不要客气。"

宫本一雄："用车送你，很方便的，我为你惋惜呀，放弃一次难得的机会。"

李洵在两名随从的引领下，告辞了。

18. 海滩上

刘长春一拳把关波打倒在地。

关波蓦地一头将刘长春撞倒："你疯了！"

刘长春腾地站起，怒不可遏地晃着报纸："你说代表满洲国能咋的了？"

关波："是啊，参加奥运会是真格的！"

刘长春："你不放弃？"

关波："宫本是关东军。"

刘长春："关东军怎么了？"

关波："小胳膊能扭动大腿吗？"

刘长春："我是宁折不弯，哪像你，软骨头！"

说着，又给了关波一拳。

海浪激越澎湃，拍打礁石，浪花飞溅。

关波："可我是宁弯不折。"

刘长春："宁弯不折？"

关波："小忍而大成，先弯一会儿又能怎样？"

刘长春："大成什么了？"

关波："我们要什么？"

刘长春："……"

关波："布齐教练怎么说的？奥运会是我们最高的向往。"

刘长春："他们在利用我们。"

关波："我们也利用他们，出场比赛，是我，是你，不都是中国人吗？"

刘长春："……"

关波："去美国一趟得多少钱？指望民国？战乱一片，谁出钱呀？"

刘长春："这就是你的宁弯不折？"

关波："对，我们关家的云长老爷。"

刘长春："又来了。"

关波："身在曹营心在汉。"

刘长春陷入痛苦的思忖。

19. 刘长春家·鞋店

刘兆琇挥锤给皮鞋打掌，动作娴熟利落，修好的鞋递给坐在椅子上的宫本一雄："宫本先生，试试看。"

宫本一雄欣赏的口气："你的儿子，代表满洲国出席奥运会，生意就会很好很好！"

刘兆琇："那是那是。"

屋内堆满了鲜花和送来的食物礼品，显然宫本一雄探望多时了。

宫本一雄掏出厚厚一沓钱来放在椅子上。

刘兆琇有些紧张："两个鞋钉，不值分文，要不得，要不得！"

宫本一雄："留下。老人家，你儿子能为满洲国争得荣誉，奖金更多，工作嘛，关东军负责安排，到市政府的文体部门当官，发展满洲国的体育运动，需要他这样的人才。”

刘兆琇：“宫本先生，这钱我不能收呀！”

宫本一雄来到厨房，掀起锅盖，看见一圈大饼子，他看了一眼姜秀珍。

刘兆琇把钱递上，拒收。

宫本一雄：“你儿子已经是满洲国的雇员，就算薪水吧，加强营养，保证体力。”

小鸿宝躲在墙角玩。

宫本一雄爱抚地摸着孩子的头，友善地掏给他一把糖块。

刘兆琇：“宫本先生太客气了。”

宫本一雄从随员手里取过一个包装精美的纸盒：“请您留下吧。”

刘兆琇：“我们不要别人的东西。”

宫本一雄：“这不是别人的东西。”

姜秀珍凑过来，看着刘兆琇打开盒子：那枚华北运动会冠军的银质奖牌。

宫本一雄：“这也是历史，要好好保存。”

20. 刘长春家·夫妻卧室

夜深人静，儿子入睡。刘长春夫妇坐在凳子上泡脚。

姜秀珍给丈夫搓着脚：“……宫本这人不赖，对咱家多客气。”

刘长春：“不赖？”

姜秀珍：“大连街日本人多大腰，瞧得起咱，就是不赖。”

刘长春：“他这葫芦里卖的什么药，你妇道人家看不明白。”

姜秀珍：“你能？臭脚！”

刘长春：“我只要弄明白，7月30日在美国洛杉矶奥运会开赛，就行了!”

姜秀珍:“什么意思?”

刘长春:“跟你说也不明白。”

姜秀珍:“对我你都藏心眼。”

刘长春:“怕你担心。”

姜秀珍给他擦脚:“那就别说。”

刘长春:“我呀，早晚要甩掉日本人。”

姜秀珍:“你说什么?”

刘长春:“不想和他们掺和一起。”

姜秀珍:“不去奥运会了?”

刘长春:“去！就是借钱举债，也要去。”

姜秀珍:“你膘。”

刘长春:“不膘。”

姜秀珍:“你呀，就是顾头不顾腚，顾前不顾后。”

刘长春:“急眼了，我什么都不顾了，也要去奥运会开开眼……”

砰！一块砖头砸碎窗玻璃，砖头掉在炕上，险些砸到了熟睡的儿子。

谁?

外屋刘兆琇和刘长春、姜秀珍冲出屋来。

门外，昏暗的街道，没有人影。

刘兆琇和刘长春用手电筒一照，见门外贴了不少标语，“严惩汉奸，打倒走狗”之类的标语。

刘长春眉头紧蹙，异常痛苦。

21. 黑石礁海边

海面乌云压来，几个人围观一条木船。

关波带刘长春急火火地挤过来，顿时愣怔，李洵尸体被打捞上来了，两手被两条海带反缠着，溺水而亡。

刘长春："李哥！"

22. 体育场跳高场地

细雨中，刘长春和关波默然无语，看着沙坑前的杆架、横杆。

场边的长条凳下，依然放着李洵的一双钉子鞋。

透过雨帘，两人心事重重。

23. 小酒馆内

关波："……不代表满洲国，李洵就是结果。"

刘长春无话。

关波："代表他们，中国人不答应，骂你走狗。"

刘长春倒酒思忖着。

关波矛盾地说："大哥，有没有两全之策？"

刘长春在思索，捏着手里的酒盅。

关波："现在他们已把我们的名字报到奥运会了。"

刘长春："你什么意思？"

关波："我们脱钩，这边不会善罢甘休。"

刘长春："逃跑！"

关波："什么？"

刘长春："逃出阴谋。"

关波："你脑子清醒吗？"

刘长春："现在不糊涂了。"

关波："那你老婆孩子都在这儿，怎么逃？"

刘长春："……"

关波："整个东北都是关东军的天下，怎么出山海关？"

刘长春异常冷静："想不想去奥运会比赛？"

关波："想！"

刘长春："为什么我们不堂堂正正代表中国人去！"

关波看着刘长春坚定的态度："咱怎么去？"

刘长春："去北平，找张校长！"

停顿，碰杯。

24. 刘长春家·灶房

姜秀珍带有情绪地在大铁锅里贴着饼子："……说走就走，扔下孩子也不管了。"

刘长春心怀愧疚地帮助烧火，拉着风箱："你别让爹听见。"

姜秀珍没好气地在手里团弄面饼："……我要是这大饼子，非贴上你不可，你上哪儿，我粘上哪儿！"

啪！一个大饼子粘在铁锅上。

刘长春："你挺个大肚子，怎么走？"

姜秀珍："你说怎么走？"

刘长春："你就是赌气。"

姜秀珍："跟你一起走。"

她失手，一个饼子没贴住，溜下去了："火，怎么烧的？"

刘长春："你不痛快，就别贴了，够了。"

姜秀珍捞起那个饼子，重新狠狠一拍，粘在铁锅上："我呀，真不想让你走，可谁能挡住你这双臭脚？又一想多给你带点盘缠，怕你这一路饿着不是？"说着说着眼泪出来了。

小炉子上烤的咸鱼出味了。

刘兆琇走出来："鱼煳了。"

姜秀珍用围裙拭泪，掩饰地翻弄着烤鱼。

热气腾腾的铁锅里贴满焦黄的饼子。

刘兆琇："怎么烤这么多鱼？"

姜秀珍："长春爱吃这口。"

刘兆琇："爱吃也是一张嘴。"

姜秀珍："给姓关的朋友带点去。"

刘兆琇点着头，翻看到筐里装满了烙好的大饼子，一脸猜疑："你要出去卖大饼子？"

姜秀珍："爹，长春帮我烧火，来得痛快，多烙几锅，省柴不是？"

刘兆琇离开，转身叮上一句："长春，过会儿到我这儿来！"

姜秀珍把一条条烤好的咸鱼，摆放到饭盒里。看见刘长春低头不语，灶膛火光在他脸上奇妙地一闪一闪，她心软了。

姜秀珍："长春。"

刘长春还在机械地拉风箱，笼罩在烟气中。

姜秀珍："和关波一起走？"

刘长春："对！"

姜秀珍："不打算回来了？"

刘长春："对。"

姜秀珍："你抬头。"

刘长春："反正我要走。"

姜秀珍："你能过爹这一关，你就走吧。"

刘长春感激地站起。

25. 刘长春家·鞋店

刘长春在试一只新皮鞋。

刘兆琇摘下老花镜："跟日本人到世界打比赛，你得体面一些，没好鞋，矮半截呀，试试吧！"

刘长春："您这手艺，没挑的。"

刘兆琇扔过去鞋油："打亮吧，这只就下来了。"

刘长春给新皮鞋打油擦亮："爹，想跟您商量件事……"

这时进来顾客取鞋。

刘长春话到嘴边欲言又止。

26. 刘长春家·鞋店外

小鸿宝牵着关波走来，调皮地对关波耳语。

关波递给他发令枪。

小鸿宝装上了两个纸炮，悄悄地走进屋里。

砰！放枪。

店内，刘长春本能地反应，猛地起身的动作把鞋具掀翻了。

小鸿宝开心地笑了："爸爸！"

刘兆琇却吓了一跳："小孩子不玩枪。"

刘长春指着关波："你搞的名堂。"

关波："条件反射！"

姜秀珍："关波，在我家吃饭。"

关波："不行。我找大哥有事儿。"

刘长春出屋。

关波面有难色："日本教练到了！"

刘长春："真快呀！"

关波："让你也去。"

刘长春预感情况紧急："你先应付吧。"

关波："明天就要封闭训练。"

刘长春做出决定："我们今晚就走。"

27. 高级的日本茶道馆

关波和宫本一雄陪着井口教练在吃茶。

两个漂亮的日本艺伎在表演茶道。

关波无心品味日本茶道，摆弄着胸前挂着的小弥勒佛，透过窗口可以看到檐头流淌的雨。

宫本一雄（日语）："放心吧，井口教练，明天可以集中的。"

井口教练（日语）："明天还要我去请刘长春先生出场吗？"

宫本一雄（日语）："不必，他明天一定会来的。"

井口教练（日语）："距离奥运会时间不多了。"

宫本一雄（日语）："还有，还有四十九天。"

井口教练（日语）：“他们要提前一周到洛杉矶，熟悉场地，适应比赛环境。”

关波点点头，下意识地看着钟表。

28. 刘长春家　雨夜

“你不能走！”

刘长春：“爹，只有走为上了！”

刘兆琇：“跑了人，跑不了庙。你得罪了日本人，我们还在人家眼皮底下！”

刘长春：“死，也不能替满洲国去跑。”

刘兆琇：“替谁跑不是跑？你爹我只管修鞋，管他是男人女人、日本人还是俄国人穿，只要把鞋修好，我靠手艺吃饭。”

姜秀珍在一旁打点行李，包裹着饼子和咸鱼。

刘长春：“爹，您不明白。”

刘兆琇：“我不明白？”

刘长春：“跑跟跑不一样。”

刘兆琇：“兔子逃命而跑，老虎捕食而追，人为自己而奔命，天理人性，我不明白？”

姜秀珍插了一句：“他不是狗，谁给骨头就跟谁跑。”

刘兆琇不悦：“妇道人家不要插言。”

哑然片刻。

刘长春指着父亲胸前的怀表链：“爹，那怀表给我吧。”

刘兆琇掏出怀表，看了看镶有张学良头像的怀表，递给了儿子：“真的要走？”

刘长春：“找张校长去。”

刘兆琇：“兵荒马乱，张学良顾得了你？”

刘长春："那也找他去!"

刘兆琇严肃地要求："你把我也带走吧!"

刘长春："爹，您不要怕，宫本送来的钱我退给他了。"

刘兆琇："李洵怎么死的？你要是不想要你爹了，你就迈出这个家门，走吧!"

刘长春为难了。

里屋炕上，小鸿宝还在睡梦中。

刘长春看那个怀表指向七点了。

挂钟敲出喑哑的声响。

姜秀珍的目光一直没有离开刘长春。

刘长春："爹，您和秀珍转移到小平岛吧!"

刘兆琇火了："你说什么?"

刘长春："躲到乡下。"

刘兆琇抡起鞋拐子就要打："你毁了我的生意呀!"

姜秀珍拦住："爹！让他走吧。"

刘兆琇："你就狠心，扔下媳妇走了?"

刘长春回过头。

姜秀珍挺着肚子，含泪带笑地说："爹，谁让他天生一双快腿，让他跑去吧。"

刘兆琇："你放他走?"

姜秀珍："他待不住。"

刘长春："秀珍，真对不住你!"

姜秀珍从厨房提出准备上路的包裹。

刘长春接过去。

姜秀珍拿上两个沙袋："沙子倒了，袋子带上吧，也许训练能用上。"

刘长春装好了沙袋："儿子、爹，都托付给你了。"

姜秀珍："出远门，别顾后，你要真跑出个名堂，我给你洗一辈子臭脚，真要有个三长两短的，也不怕，我再给你生一个爷们！爹，您说是不是?”

刘兆琇眼圈潮湿，脸转向一边。

这时，里屋睡眼惺忪的小鸿宝跑出来：“爸爸，您要上哪儿去?”

刘长春：“儿子，爸爸出趟远门。”

小鸿宝：“您什么时候回来?”

刘兆琇低声自语：“回来？回不来了。”

刘长春不敢正视儿子的目光：“……听妈妈的话。”

小鸿宝：“爷爷，您说爸爸回不来了?”

刘兆琇余怒未消：“长春，你这一去，没回路了!”

刘长春无语地看着年幼的儿子和怀孕的妻子。

姜秀珍：“儿子，给爸爸磕个头。”

小鸿宝眨巴天真的眼睛，扑通跪地。

刘长春一把将儿子抱起来：“好儿子，再见面，你就比爸爸跑得快了!”

屋外，雷声闪电响过。

刘长春坚定地迈步出屋。

姜秀珍站在门口，看着他上了一辆人力车，慢慢走在雨巷间。

29. 雨夜街道

刘长春不忍回首。

“爸爸!”

刘长春回头见小鸿宝捧着一个包追来。

停车。

小鸿宝：“爷爷给您做的鞋，让您带上，穿上跑得快!”

刘长春将父亲做的新鞋紧紧一抱：“爹!”

插入火车汽笛长长的鸣叫。

第二章 逃出魔掌

30. 东北旷野上 夜

印有满洲铁路标志的列车，在黑夜中向北进发。

31. 关东军司令部 夜

宫本一雄接到报告，急匆匆钻进黑色小轿车飞也似的开起来。

32. 火车上 夜

车厢内，刘长春眺望窗外，陷入思索。

关波吃着咸鱼和饼子："嫂子烤的鱼就是香，你不吃?"

刘长春拿出一条鱼在嘴里嚼着："再想吃到大连的鱼，难了!"

33. 宫本一雄乘小轿车疯狂地追撵火车

34. 列车停在一个小站 夜

刘长春警觉地向窗外一看："关波。"

站台上，一辆黑色小轿车开进来，走下宫本一雄。

关波一怔，意识到危险降临了。

刘长春："咱俩散开!"

关波："我掩护你。"

刘长春："别，要走一块走。"

关波："那样一个也走不了！"

刘长春："记住，北平集合。"

35. 车头汽笛尖叫　夜

火车启动，喷出一股股热气，增加了夜色恐怖的气氛。

36. 车厢内　夜

车厢连接处，上车的特务们跟踪上了关波。

宫本一雄："关波，怎么不辞而别啊？"

关波故作镇静："宫本先生，要集训了，我去沈阳找点材料。"

宫本一雄："刘长春在哪里？"

关波："没看见他！"

宫本一雄指示随从："统统地搜查。"

两头封锁，挤满车厢的旅客有些紧张了。

特务在推厕所门，不开，敲门。

开门走出一个身穿长衫的老头。

宫本一雄押着关波向前迎面走来。

穿长衫老头与关波擦肩而过。

宫本一雄严格地筛查每一个旅客，押着关波向前一个车厢查去。

警察以检票的手段在找人，旅客有些骚动。

关波在前，走到一节车厢的连接处，车门外有一人头闪动一下，他急忙堵住了门口视线，把特务们先让过去。他向车门外一瞥，看见贴附在门外的刘长春，两手死命地抓住车门把手，挣扎在列车带起的风势中。

飞动的车轮。

宫本一雄："刘长春在哪儿？"

关波摇头："我没看到他上车。"

宫本一雄向窗外察看。

关波主动向前引走，他们一个车厢接一个车厢地搜查。

37. 火车在东北旷野上奔跑

桥下，辽河在昏苍苍的夜色中泛动着波光。

关波走到了车尾，一声尖厉的火车汽笛，一列货车呼啸开来，前灯刺眼的光芒在关波脸上像闪电掠过，令他心神不安。

特务报告："人没有找到。"

手里提着一个丢弃的包袱。

宫本一雄命令打开，里边是咸鱼和饼子。

38. 辽河岸边的铁路线　晨

铁路桥下，一只皮鞋（父亲给刘长春做的新鞋）拿在宫本一雄手里。

39. 无边沉绿的苇荡　傍晚

两条黑背狼犬嗅过鞋后，高挑着尾巴向河边苇丛追去。

夕阳下，苇荡像隐蔽着一个秘密。

一对丹顶鹤甩着细长的腿，走在草塘，守护巢边的小鹤。

砰！一声枪响撕破宁静。

一个人影本能反应地起跑，苇草迅速摇荡起来，目标暴露了。

两个关东军士兵指使狼犬追过来。

一个人像疾风掠过，在高高的苇草中如箭穿射。

两只狼犬疯狂地追过来。

人的身影飞快奔跑。

斑驳的光影在苇草尖上晃荡，伴着喘息和犬吠，可怖的情绪弥漫着整个苇荡。

突然，爆发一声惊惧的鹤唳，硕大的白翅抖起，两条狼犬无意中撞袭了鹤巢，对幼鹤形成威胁，丹顶鹤尖利的长喙向狼犬啄去，保护着巢边受惊的幼鹤。

狼犬一时发怔，发出吠叫。

一条狼犬向幼鹤咬去。

老鹤扑啄狼犬。

人影趁机奔逃。

两只老鹤抖动双翅，复仇般向狼犬发起攻击。

人在苇草间跑动的身影……

狼犬被大鹤追啄着奔跑……

关东军钻进苇荡追上来了。

不是简单的逃与追……

这是人与动物在大自然猎场演绎的寓言情境。

这是一个中国人在自己的家园被侵略者追杀得无处藏身的悲惨控诉。

两声犬吠。

连续两声枪响。

一片片白羽散发到空中。

一只丹顶鹤饮弹倒下。

另一只丹顶鹤抖翅仰天，发出悲怆的鸣唤。

霎时间，苇荡里群鹤齐鸣，声震四野。一群丹顶鹤如神兵天降，轮番啄去，白羽、红血，点染摇曳的苇草。

突然，窸窣的苇叶喑哑下来，一切归于平静。

狼犬叼着泥水湿透的鞋，疲惫地走出苇丛间，来到了关东军主人身边。

暮色初张，天黑下来，几声凄凉的鹤唳，给万籁俱寂的苇荡平添了几分阴森。

40. 关东军陆军仓库空地

关东军士兵用真枪发令刺激着关波快跑。

砰！子弹从他头顶擦过……

砰！子弹从他脚后打过……

惊悚刺耳的枪响，吓得关波神经质地在场内转圈狂跑，脖子上的护身符摆来摇去……

41. 无边的苇荡　阴天

一只破旧的木头筏上，蜷缩着筋疲力尽的刘长春。

水萍上，一只青蛙瞪着好奇的眼睛，注视着他。

远处，危险悄悄向他接近，有一个人影神秘地移动。

刘长春打开野鸭蛋壳，喝蛋汁充饥。

苇草微动，窸窣有声，脚步在刘长春身后挪动。

突然，一张渔网将他笼罩，他挣扎着，网收紧了。

一个渔民把网中的刘长春拖上了船。

42. 一辆挂伪“满洲国”旗的卡车在行驶中

驾驶室内坐着保长范戎德（40岁），车上载满抓来的劳工，刘长春夹在其中。

43. 村镇路口

关东军拿着通缉刘长春的告示在查人。

范戎德带领劳工的卡车开过来。

关东军命令停车检查。

范戎德一口流利的日语与关东军交流着。

关东军上车简单地查过，挥手开路。

突然几声犬吠，挤在人群中农装打扮的刘长春，看见宫本一雄正在岗哨前指挥搜查，倏地转过脸去，隐蔽在劳工群中。

车开过去了。

44. 满铁沟帮子路段

上百名中国劳工在修复被毁的铁路。

抬着沉重铁轨的众人里，刘长春已胡须渐长，显得黑瘦。

荷枪实弹的关东军前后监视。

刘长春目光睃巡，伺机逃跑。

远处，几间简易的工棚，四周的铁丝网一直封闭到路基外的庄稼地。

铁轨上还停着一辆装甲车。

45. 简易的工棚外

发饭了。

刘长春蹲在地上吃着窝头。

范戎德走过来，凑近刘长春蹲下，鬼祟地掏出那个印有张学良头像的银怀表亮给他看。

刘长春一怔：“……丢了些日子了。”

范戎德：“你不姓田！”

刘长春有些紧张：“范保长想告密？”

范戎德：“大网之下有漏鱼，他们到处在抓你。”

猜度，对视。

不远处，一个劳工趁机逃跑。

砰！关东军朝那劳工开枪。

刘长春听到枪声本能地反应，拔腿欲起跑。

关东军枪口摆过来。

刹那间，范戎德把他摁住，一只手死拽住了他的脚，没跑动起来。

关东军的枪口慢慢移开了。

被打死的那个劳工，像根枕木伏在铁丝网上。

凝固的死寂。

刘长春缓过神来，看着范戎德。

范戎德：“老弟，识时务者为俊杰。”

刘长春：“什么意思？”

范戎德：“顶多一个月，这活就完了，跑一个，我得再找一个，别给我惹乱子。”

46. 简易的工棚　夜

一条细绳把刘长春的左脚脖子套上，另一端连在范戎德脚脖上，他主动挨着刘长春睡下。

刘长春：“保长，不怕我打呼噜？”

范戎德："怕你半夜跑了。"

刘长春难以入睡："今天是几号？"

范戎德："农历初九。"

刘长春："我问阳历？"

范戎德："六月十八。"

刘长春："七月三十日是老妈的大寿呀，唉！"

范戎德："还早哪，快睡吧。"

刘长春辗转反侧，脚脖子上的细绳扯来拉去。

工棚外，探照灯不时地扫射。

刘长春坐起，见疲惫的劳工们正熟睡，他小心地解开了脚上的绳子，酣睡的范戎德没有察觉，他悄然下地，溜出了工棚。

47. 工棚外附近

弯月挂在铁丝网间，装甲车静卧在轨道上。

刘长春步入庄稼地，琢磨如何钻过铁丝网。

突然，有人在他身旁撒尿："你跑不了的！"

刘长春心里一紧，见是范戎德。

范戎德用嘴向前一努，铁丝网外一个伪装暗哨中伸出一挺机枪来。

刘长春一怔。

范戎德狠狠地扔下一句："我是不会让你跑的，刘长春！"

48. 沟帮子路段

烈日如炉，刘长春在打道钉，晒得身上汗渍变成盐斑。

范戎德陪着日本监工走过来，用日语有说有笑。

日本监工拿着图纸在比画着。

范戎德在一旁向中国劳工翻译着。

监工在刘长春的面前停下，凝视着他。

刘长春有些紧张。

范戎德训斥："你把路基搞平整一些，再找钉子，听见没有！"

说完，他陪着日本监工离开。

刘长春仇视地看着范戎德的背影。

天边的晚霞像冷却的一块红铁，灰暗而沉重。

49. 简易的工棚　夜

暮色四合，范戎德解开了脚上的绳子，捅醒熟睡的刘长春。

刘长春不满地翻过身去。

范戎德又捅了他一下，递给他一件东西。

刘长春接过，是那块怀表，他下意识地拉动脚下的绳子，解脱了，心生疑惑。

突然，外边一连串的爆炸声。

范戎德跃身下地："快跑，义勇军来了！"

50. 工地上

枪炮声大作，几个关东军被击毙，倒下。

杀声和马蹄声骤然天降，东北抗日义勇军冲杀过来！

铁路又被炸坏了，装甲车也动不了了。

劳工们在激战中像炸群的野马四处逃散。

范戎德和两个劳工炸毁铁丝网外的暗堡。

义勇军为首的"老北风"纵马挥枪，带领弟兄们冲锋陷阵。

"老北风"大嗓门："范大手，这遭把鬼子动脉切得利索，快走！"

范戎德接过一支火把要去烧那个工棚。

51. 工棚

范戎德探头一看："你没跑？"

刘长春独坐在空荡的工棚里："我等你。"

范戎德："等我？"

刘长春："你到底是什么人？"

范戎德："这不是问题。"

刘长春："为什么保护我？"

范戎德："你大事在身。"

刘长春："我要出山海关，怎么走？"

范戎德将手里的火把向棚上一扔。

52. 一路护送

范戎德化装成关东军开着抓劳工的卡车，送刘长春穿过一个个哨卡……

53. 山林边篝火旁

野外补食，刘长春把缠在腰间妻子做的布"沙袋"解开，掏出两个干巴馒头。

刘长春："……你在日本留学时踢的是后卫？"

范戎德饶有兴致地跳起，做一个狮子摆头的顶球动作，非常灵活："跟你们学校宋君复教授还踢过球呢。"

刘长春："你是体育界的前辈。"

范戎德："业余爱好。我的专业是开飞机。"

刘长春："你开飞机？"

范戎德："见了张少帅，就说东北军飞行员范大手，盼他早日收复东北。我要重上蓝天。"

54. 河北兴隆县境黄崖关长城脚下　黎明

天刚透曙，树林间一道山崖上刘长春爬上来，回身用手拉着范戎德。

两人一路劳顿，衣衫不整，看得见范戎德腰间挂着枪和手榴弹。

长城睡卧在晨曦之中。

范戎德："……你就要出关了。"

刘长春："歇一会儿吧。"

范戎德："这儿不能久待，关东军要和咱东北军在长城决战，箭在弦上，老娘祝寿是哪天？"

刘长春："七月三十日。"

范戎德："去美国，那还有好长的路呀……"

突然一声枪响，刘长春本能地反应要跑。

范戎德："这回我不拦你，方向是正南！"

刘长春："你怎么办？"

范戎德掏出枪来："我来对付他们。"

远处林子后边隐见关东军巡逻小队追过来。

刘长春："范大哥。"

范戎德手搭在刘长春的肩上："你媳妇说得好，搞短跑的，你就得顾前不顾后，顾头不顾腚，不要回头，一直跑过长城！我掩护你。"

55. 长城上

一双经历艰苦跋涉的双脚，飞快跑上城墙。

突然，一阵机枪声惊起一群晨鸟飞过长城。

紧接着是范戎德的日语汉语混合的怒骂。

锯齿样的雉堞后，探出刘长春惊愕的眼睛，远远地看见范戎德靠在大石后，面对围上来的关东军，他拉响了身上的手榴弹。

爆炸声后，一片沉寂。

刘长春痛楚地抱紧雉堞，回望那片血雨腥风的土地……

第三章　少帅拜将

56. 北平·张学良行营

坐落在白塔寺附近的顺成王府是张学良的行营，门外岗哨森严。

一路风尘的刘长春有些不耐烦："我来三遍了！"

哨兵："没有上边的话，我们不能放人。"

刘长春："我是刘长春，求见张校长！"

哨兵拦住："跟我说没用。"

两人争执中。

宋君复（40岁）走出来。

刘长春叫住："宋老师！"

宋君复："刘长春。"

刘长春："我要见张校长。"

宋君复："他不会见你。"

刘长春：“？”

宋君复：“你要替伪‘满洲国’参赛奥运会，他早知道了。”

刘长春：“我、我正是为这事来解释的……”

宋君复：“张校长最恨变节投敌的人。”

刘长春一脸的尴尬。

57. 丰台卢沟桥附近

张学良（31岁）一身戎装骑在栗色的高头大马上，与东北军将领视察丰台的驻军，准备与日寇决战。

（字幕：北平绥靖公署主任、东北大学校长张学良将军）

侍卫来报：“那位刘长春求见。”

张学良恼火地说：“不见！”

满面风尘的刘长春已经跑进场来。

侍卫想拦住刘长春。

刘长春挣脱侍卫，急于求见：“校长！”

张学良有意避他，打马前行，已经上了桥头。

刘长春紧追其后：“张校长，您听我说。”

张学良头也不回，挥鞭催马前奔。

那马竖起鬃毛，双耳直耸，长了翅膀似的飞驰起来。

眨眼间，把刘长春抛在后面。

刘长春本能地发力追撵。

人马开赛了！（插入音乐、鼓声）

张学良依然不回头，夹紧马镫，纵马飞驰。

刘长春摆动双臂飞也似的追来。

四条马腿活塞一般飞速摆动……

双足刚健如鼓槌重敲地面……

少帅的马靴在夹动马腹。

栗色的马鬃像火焰般飘忽着。

刘长春像踩上风火轮般飞速。

桥在后移。

马蹄狂奔。

人腿若飞……

在场的人都看呆了。

…………

就要到桥头了。

刘长春用百米冲刺的速度，纵身一跃抓住马缰："校长!"

马惊叫长嘶，抬起前蹄，把少帅高扬在空中，然后前蹄又落下来，踢刨着地面，有些不服输地跺着强劲的蹄子。

张学良翻身下马。

刘长春死抓住马缰绳，气喘吁吁地说："校长！就求您一件事，让我代表咱中国人，去拼一把奥运会!"

张学良欣喜地捅了刘长春一拳："妈了巴子，你还是咱东大的爷们!"

"少帅!"刘长春反身抓着马鞍，汗气腾腾的后背有些抽搐。

众人围上来了。

58. 北平街头

市民都在传阅《大公报》《体育周报》头版发表的刘长春声明：《我是中国人，决不代表伪"满洲国"出席第十届奥林匹克运动会，我要代表中国人参加奥运会!》

59. 张学良行营办公室

墙上军用地图显示着东北三省的失地和准备与日作战的形势图。

张学良："宋老师，奥运会报上名了吗？"

宋君复："我正想跟您汇报，有些不妙。"

张学良："怎么了？"

宋君复："本届奥运会报名日期截止日是六月二十日。"

张学良看了一下日历："过期一周了。"

宋君复解释："开始，民国政府就不打算派运动员去，没有报名！"

张学良挽了一下袖子："不行！一定要去，哪怕一个人也要去，这么大的中国，四万万人，奥林匹克没有中国人一席之地，自己把自己开除于世界之外，甘愿当他妈的东亚病夫？"

这时，一个参谋前来报告："前线消息，日军板垣师团已到达山海关，正在两侧集结。"

张学良看墙上地图，用笔做了标志："命令于学忠将军，部队要严阵以待，寸土不丢！有一点动静，让他亲自给我来电话……说，宋老师。"

宋君复："……政府没有安排，经费怎么办？"

张学良："从民间募捐嘛！你先去趟天津，找张伯苓先生，让他出面，无论如何奥运会要报上名，挤，也要挤出个位子，让伪'满洲国'的阴谋泡汤！"

宋君复刚要走。

张学良："把刘长春也带上。"

宋君复："他也去天津？"

张学良："请那个英国的传教士，奥运冠军叫什么来着？"

宋君复："埃里克·利迪尔。"

张学良："请他当教练！"

60. 天津新学书院教研室

利迪尔（30岁）："我不是教练。"

刘长春："我需要你来指导。"

利迪尔："我是传教士。"

（字幕：第8届奥运会400米冠军埃里克·利迪尔）

刘长春："你也是奥运冠军。"

利迪尔："冠军只是一次荣誉。我离开苏格兰到中国来传教，这是上帝给我的使命，我不能当教练。"

黑板上，用英语写的化学公式，桌上放着《圣经》和他代表英国参赛的照片。

刘长春无奈地站起身，激将他："好了，你不想传授你的经验，也不肯帮我，瞧不起我，怕我出好成绩，超过你。"转身，欲走。

利迪尔很有风度地说："刘先生，急躁是不能成功的，请坐下。"

下课的钟声响了，教会学校的学生们从教室窗外通过，有人好奇地探头看过来。

利迪尔打开一张英语地图："送给你的，能找到洛杉矶在哪儿。"

刘长春看不懂，摇头。

利迪尔："在这儿，你要横跨太平洋，这一路，上帝在考验你的意志。"

刘长春："我不懂英语，请你当教练。"

利迪尔从容地抽出一张天津的早报："今天的早报，你的好友关先生，拒绝代表满洲国，用杠铃毅然砸断自己的左腿！看一下！"

报纸上，关波断腿的照片特写。

刘长春惊愕得双眼冒火，一拳夯在桌上：“利迪尔先生，你一定要帮我！”

利迪尔：“让我换一下衣服。”

刘长春：“你答应了？”

61. 教堂内

利迪尔换上神职人员服装，手捧《圣经》：“……把你的仇恨和怒火发泄出来吧！”

座位上的刘长春不解地凝视着利迪尔。

利迪尔：“你一路跑来，心中装满了仇恨，仇恨像凝结的冰雪，越积越重，奥林匹克是不能带着仇恨奔跑的，彻底卸掉一切仇恨吧，只有插上自由欢乐的双翼，才能奔跑如飞。一切杂念私欲都会影响你奔跑的激情，影响你感悟奥林匹克的精神，这就是我获胜的秘方。你问我，抵达终点的力量从何而来？内心！你要忍受战争的苦难，却不可丢弃勇敢的心。奔跑是身体与意志，在自由精神的光耀下，寻找上帝写在大地上的爱。阿门！”

在教堂回音中，刘长春慢慢低下头来。眼前闪现：

李洵惨死在沙滩上……

关波断腿的情节……

范戎德就义的场面……

与爱妻儿子分别的情景……

突然，刘长春内心触动，悲声大放，捻碎手里那张早报。

窗外一簇光束射在刘长春抽搐的后背上。

利迪尔：“卸掉吧……”

62. 张学良行营·宴会厅

张学良换上一身礼服，兴冲冲走来。屋里等候的刘长春、宋君复、郝更生等九人起立。

张学良："体育系的名角都到了。"

宋君复："那位洋教练没能请来。"

张学良惋惜地说："只有靠我们自己了。国际奥委会同意我国派代表参加洛杉矶奥运会，我以校长名义宣布，刘长春作为运动员正式报名参赛。教练员宋君复，兼英文翻译。"

瞬间的沉静后爆发热烈的拥抱。

张学良向宋君复授国旗。

宋君复接旗："我会严格训练，创造成绩。"

63. 由走廊至宴会厅

张学良夫人于凤至（34岁）风韵绰约，在用人陪同下，捧着一坛老酒循着笑声向客厅走来，透过窗户看见张学良和换上白色运动上衣和黑短裤的刘长春拍照。

张学良："白衣、黑裤，代表白山黑水。"

刘长春："长春此行，背负东北父老的期望。"

于凤至打开酒坛，给张学良斟满酒杯。

张学良端起酒杯："这是咱沈阳那旮瘩的高粱酒，夫人让我用家乡的酒为你们出征饯行，来，都满上。这次首闯奥运，让世人见识一下，不甘屈辱的中国人，挺着胸膛上场了。虽然你势单力薄，单刀赴会，但有四万万同胞做你后盾，要拼力搏杀，毕其功于一役，汉卿希望二位不负众望，为国建功。喝一杯！"

刘长春脸上一直挂着几丝忧郁的神情。

于凤至敬酒："我敬壮士一杯。"

刘长春举起酒杯，慢慢放下了。

于凤至："汉卿心气太重，是不是给你压力太大了？"

郝更生一旁解释："载誉而归是校长的希望。就是拿不到奖牌，我说，能和世界强国站在一个跑道上，平等地和他们跑几圈，也不虚此行。"

张学良点点头："你们系主任说得明白，还有什么困难吗？"

刘长春："困难不是比赛。"

张学良："说！"

刘长春："校长，我愁的是去美国的路费。"

张学良愕然："路费还没有？"

刘长春："我们募捐的钱远远不够两个人去美国的经费。"

张学良批评副官："这事你怎么不早办好？"

副官："前线作战，军饷尚不足，怎么敢筹措捐款？"

张学良转向于凤至："夫人不是说要募捐嘛！"

于凤至指使女用人："把我那盒子拿来！"

女用人捧进来一个盒子，放在桌上。

刘长春不好意思："夫人的首饰，还是夫人留用吧。"

宋君复："对，当务之急是美金。"

于凤至从容打开盒子，揭开一层红布，四行两层齐刷刷的银圆。

众人惊讶。

于凤至："这是八千个光洋，兑换美金，买个船票够吧？"

宋君复："谢谢夫人的捐赠！"

于凤至："汉卿，这是你的。"

张学良："我的？"

于凤至："这是给你攒的，去德国看病的费用！"

“那就算我捐的。”张学良向刘长春方向轻松一挥手。

刘长春感激地端起酒杯：“我要为校为国，拼死奋战，不拿回奖牌，提头来见!”

刚决之语，落地如雷，众人震慑了。

张学良激动起来：“好一个壮士断腕的决心！夫人，满酒。”

每个人斟满酒。

张学良：“你要是超过了日本人，能拿奖牌回来，我在东大设宴为你庆功!”

郝更生：“他的百米是10秒8，发挥得好是有把握的。”

张学良端着酒杯无限寄语：“我，与日寇有杀父之仇，不共戴天！都是亚洲人种，都是圆头平趾，难道我们就永久地忍辱受欺吗？你们东大，要卧薪尝胆，急起直追。只要你刘长春迈好这一步，让国人相信，让东大自信，我张学良，迟早会看到中国人雪耻那一天!”他眼里汪满泪珠，于凤至递给他手帕擦拭。

众人把酒杯高举起来，一饮而尽。

张学良寄予深情地向刘长春抱拳："明天我要到前线去，不能送你们到上海。想当年刘邦拜将韩信，打败楚霸王，你也受汉卿一拜！"他真诚地深深一躬。

刘长春感激涕零："少帅！"

张学良指着刘长春运动衫上的英文："CHINA！"

64. 急驶南下的火车

第四章　单刀赴会

65. 上海码头

美国"威尔逊总统号"邮轮下，人头拥挤，鼓乐齐鸣，人们簇拥着刘长春、宋君复，举着"欢送中国奥运健儿出征洛杉矶"的大标语，送行仪式格外热烈，披红戴花，抛撒彩纸，几乎把登船的通道挡住了。

一辆轿车开来，走出穿着笔挺绅士派头的英国人查利（26岁），在两个仆人护送下登船，从人群中挤过来。

刘长春西装革履神采昂然地发表讲话，掌声雷动，鞭炮齐放，人潮向后涌动，将正在登船的查利猛地挤撞，险些掉下舷梯，手提的皮箱失落到水中，他愤懑地看着沉浸在激动情绪中的中国人。

站在船上的美国商人柏尔根（45岁）和女儿索菲（17岁）看到了这一幕，查利焦躁地唤着仆人，找水手打捞皮箱。

"祝中国队首战告捷！"

"为中华民族争光！"

在震耳的口号声中，刘长春踌躇满志地登船了。

查利目光杂有愤慨，落水的皮箱打捞上来了。

船上，索菲下意识翻看手里当天的《大公报》，一幅漫画是刘长春身披盔甲，手提大刀，脚踩独舟，前往洛杉矶，名曰“单刀赴会”。

66. “威尔逊总统号”邮船驶离上海港

远去的黄浦江港在傍晚的余晖中渐渐模糊了。

字幕：1932年7月8日

67. 甲板上

宋君复举着发令枪，训练刘长春起跑。

刘长春双肩上套着一条绳子，绳子拴在身后的船栏上。

枪响，刘长春猛地蹬着起跑器。

宋君复：“要适应起跑器，肩的高度再低点，再来一次。”

高层甲板上散步的洋人，好奇地俯视。

查利嘲讽：“中国人的杂耍。”

宋君复：“集中精神，预备！”

枪响。

刘长春猛然冲起，力拔千钧，竟然把绳子挣开了，失控地冲倒了从楼梯拐下来毫无准备的索菲，当即把她扑倒在地，惯性地向前滑动，慌张的刘长春怕把她挤到甲板下，本能地抱住她。

宋君复上前用英语道歉。

倒地的索菲一双冒火的眼睛看着刘长春。

刘长春尴尬地爬起来。

中
國
CHINA

索菲伸出一只手："拉我起来。"

刘长春拉起身材颀长的索菲："实在对不起。"

几个围观的洋人眼里流露着鄙夷的目光。

68. 头等舱索菲的房间

豪华的套间。

柏尔根在读赛珍珠用英文描写中国生活的小说《大地》。

被弄脏裙子的索菲回来了。

柏尔根："刚离开上海，你就拥抱了中国奥运健儿！"

索菲："您看见了，爸爸。"

柏尔根："要是你妈妈看见，又要唠叨个没完，去换衣服吧。"

索菲刚想走开："爸爸，他可比您有力量。"

柏尔根瞥了女儿一眼，敲着桌上《大公报》的漫画："这画让我联想到'东亚病夫'的代号。"

索菲："您对中国人有偏见。"

柏尔根："中国之大，派一个运动员去凑热闹，当然让人看不起。"

索菲："这是单刀赴会。"

柏尔根："哈哈，都效法中国，派一个代表，洛杉矶还办什么奥运会?"

索菲透过舷窗看着刘长春还在训练。

柏尔根："索菲！换衣服，晚上有舞会，我带你去见见船长。"

索菲："您说他们能赢吗？"

柏尔根："赢？赛场不是赌场。"

69. 船上餐厅

柏尔根桌旁摆着那本《大地》："……你妈妈让我们看这本书，无外乎是说，我到中国做生意还不如去写书，看看她，从中国切了多大一块牛排。"

索菲："用英语写中国农民，别人没有做过。"

两人在餐桌上交流读《大地》的感受，索菲一直注意另桌就餐的刘长春和宋君复。

而查利在另桌注意着索菲。

柏尔根："你在中国不是每天都写日记吗？"

索菲点点头。

柏尔根："你可以写写，一个美国少女在上海。"

索菲注意到刘长春吃不惯西餐，看着油腻的烤牛肉，不动刀叉。

柏尔根想扭转她的视线，从书里抽出一张照片："我提供公司被炸毁的照片，你可以写进去。"

索菲："我不感兴趣。"

柏尔根："当作家不是你的梦想吗？"

索菲向刘长春方向一指。

看到宋君复严肃地板起脸来："你要适应西餐。"

刘长春："我肚子不接受，反胃、恶心。"

刘长春情绪低沉地弃餐而走。

索菲凑近柏尔根："我对单刀赴会有兴趣。"

70. 刘长春住的三等舱内

敲门声。刘长春开门，见厨师端来了一套中国菜，小笼包、馄饨、花卷、炒土豆丝、小葱拌豆干等品种。

厨师用英语说："请用中国菜。"

刘长春很感动地接过来："谢谢！"

舱内是两排上下铺，狭窄拥挤，一个华人学生还躺在睡铺上，另一个吃过饭回来，爬到上铺躺着看书。里间住着一对华人夫妇，带着一男一女两个孩子，女孩子晕船呕吐，不安地吵闹。

溽暑的空气让船舱更加潮湿闷热。

刘长春在吃饭时，宋君复进来了。

刘长春："谢谢宋老师！"

宋君复："谁给你叫的菜？"

刘长春："不是你吗？"

宋君复："我从不娇惯我的运动员。"

刘长春："？"

宋君复："适应西餐，也是你的训练课目，要从不习惯到习惯。"

刘长春："我吃了反胃。"

宋君复："船上要二十五天，七十五顿饭，到了美国二十天六十顿，入其国要从其俗。不能吃就不能跑，这点道理不用我说。这是给你安排的训练计划。"说着他拿出一张表，用图钉按在墙上。

刘长春看了一下训练计划，面有难色。

宋君复："外边下雨时用这个课目。"

刘长春："从底舱到头等舱右舷梯上下二十次……"

宋君复："只有船上这点训练时间了。"

刘长春："一直到下船？"

宋君复："一直到下船。你完成一天，在这儿按一个图钉。按满了，我们也该进赛场了。八号这三天，你已经完成了。"说着，他依次按上三个图钉。"昨天你睡得怎么样？"

里间的男孩子一直好奇地跑来跑去。

刘长春："有些闷。"

宋君复："怪我，考虑到美国有两周要自费的，为了省钱，订了三等舱，太闷热了。"

刘长春："咱经费不足没办法。"

宋君复："是的。可眼下你睡不好。"

刘长春："我能克服，这比工棚好多了。"

那个睡觉的华人打起鼾声。

宋君复："哎，你有多少美元？"

刘长春："十元。"

宋君复："给我。"

71. 船上・赌博场

大转轮在转动。

宋君复用凑的二十美元下注。

柏尔根用轻蔑的目光看着这个穷酸的中国教练。

谨慎而有深谋的宋君复初战告捷。

72. 甲板上

刘长春训练腿部肌肉踢着那个自带的沙袋，动作舒展有力。

索菲站在一处，用欣赏的目光注视着他训练。

两人相互点头，不语。

当沙袋子踢到索菲近前，她灵巧地用脚给踢过来了。

刘长春："谢谢。"

索菲："小笼包味道怎么样？"

刘长春一怔，停下："谢谢你。"

索菲："怎么谢我？"

刘长春脸红了："你说？"

索菲："讲讲你的故事？"

刘长春："你是记者？"

索菲："不是，我妈妈是。我是学护理的。"

刘长春："你中国话说得真好。"

索菲："在上海住了八年。"

刘长春："回美国？"

索菲点点头："船上很难熬，你跳舞吗？"

刘长春："对不起，我下了船就要比赛了。"

索菲："教练呢？"

73. 赌博场

宋君复在紧张地下注。

柏尔根不服气地看着宋君复。

转盘还在滚动。

74. 甲板上

索菲在后边牵着绳子，刘长春一次次起跑。

索菲在前边拉起绳子，刘长春一次次撞线。

查利站在甲板一侧，注意到了他们的训练。

75. 赌博场

转盘在滚动，宋君复沉着下注。

柏尔根总是输，猜度着这个中国人谨慎中的狡猾。

转盘还在滚动。

76. 刘长春的三等舱内

刘长春在训练计划表上按图钉。

一个、两个……

77. 头等舱走廊

索菲满头大汗地走来。

查利似乎在门前等她（英语）：“索菲小姐，请你跳支舞，好吗？”

索菲（英语）：“对不起，查利先生，我累了，改天吧。”

查利窘迫地转过身，去敲索菲对面的房门。

索菲（英语）：“查利，那房间没人住。”

查利（英语）：“没人？我的香港朋友住在这儿吧？”

索菲（英语）：“上船就没人。”

查利（英语）：“他退票了？对不起。”

索菲开门进自己房间了。

78. 头等舱索菲的房间

索菲打开卫生间的淋浴喷头，通体冲淋。

那张《大公报》的单刀赴会漫画贴在墙上。

桌上，一台小型打字机，还摆放着索菲与父母在美国的照片……

79. 舞厅里

灯火通明，舞曲飘扬。

索菲：“……教练对你管得太严格了。”

刘长春：“我不懂英语，就得听他的安排。”

索菲：“难怪我爸爸对你们东北人有看法。”

刘长春：“咋得罪他了？”

索菲：“你们东北比日本国土还大，怎么轻易就让日本人占了！上海十九路军，跟日本人打了四个月，怎么样？日本人怕了，上海没拿去！”

刘长春：“你，关心战争？”

索菲：“一·二八抗战我在上海。”

刘长春：“你恨日本人？”

索菲：“当然，日本人打上海，爸爸不能做生意，我也被迫撤退。”

刘长春：“你不是说回国看奥运会吗？”

索菲：“那是借口。”

查利看着他俩在跳舞，眼里不悦。

刘长春：“请你一定去看我的比赛。”

索菲：“看你？”

刘长春：“我有两个项目。”

索菲略带轻蔑的口吻：“看你就等于看中国队了？”

刘长春：“请不要用这种目光看我。”

索菲：“你代表中国吗？”

刘长春：“这个曲子真糟糕！对不起，索菲小姐。”

他离开了舞厅。

80. 甲板上

索菲追了过来："你生气了？"

刘长春："屋里太闷。"

索菲："在这儿可以谈谈吗？"

刘长春："谈什么？"

索菲："谈你。"

刘长春："我？"

索菲："一个人和奥林匹克。"

刘长春脸色变得沉重起来。

海风撩起了索菲的额发，她疑问地逼视着刘长春。

船下被犁开的浪花向后翻滚着。

两人在船栏旁的背影。

查利走来（英语）："索菲小姐，我不想干扰你们的谈话，舞厅里没有好的舞伴，实在乏味。"

索菲（英语）："对不起查利，我失陪了。"

查利（英语）："请你喝威士忌，好吗？"

索菲（英语）："你不觉得船舱里有些闷热吗？"

刘长春见两人用英语对话，走开了。

查利（英语）："我非常欣赏你对奥林匹克运动员的服务。"

索菲（英语）："我不明白你的意思？"

查利（英语）："你对默默无名的运动员的同情，让我尊敬。"

索菲（英语）："你错了，他是中国的短跑名将，不是无名小辈。"

查利（英语）："呃，我怎么从没有听说过？"

索菲（英语）："你搞皮革制作，不在运动圈里，孤陋寡闻是可以理解的。"

查利（英语）:“唔，我的公司制造的足球、篮球、橄榄球，你肯定没见过，去洛杉矶我就是谈这些皮制品生意的，索菲小姐，我在爱丁堡大学读书时是足球队最好的前锋。”

索菲（英语）:“请原谅，是我孤陋寡闻。”

查利（英语）:“索菲小姐，如果有机会我很想挑战这个中国名将!”

索菲（英语）:“你?”

查利（英语）:“我!”

远处，刘长春在甲板上高抬腿训练。

81. 头等舱索菲的房间

茶几上放着两杯喝过的绿茶。

一张世界地图铺在地上，索菲用红笔在上边画出刘长春单刀赴会的路线，弯曲的线条向前延长:“你从这儿出发，在这儿跳车，这儿出关。”

刘长春指着地图:“……在这儿被抓了劳工。”

索菲:“在这儿上的船，第一站神户，下一站是日本的横滨港，接着还有檀香山、旧金山，最后才到洛杉矶。”

地图上，画出一条从大连到洛杉矶宛若蚯蚓般的曲线。

索菲用钦佩的目光看着刘长春。

82. 刘长春的三等舱内外

夜航。上铺两个中国人鼾声如雷。

宋君复吸烟独坐等待。

里间，那对夫妇在哄劝男孩睡觉。

刘长春有些兴奋地进屋。

宋君复脸色阴沉："怎么这么晚还不睡觉?"

刘长春："我跳舞去了。"

宋君复严肃地说："你出来一下。"

刘长春走出舱房。

宋君复严厉批评："还有心思跳舞?"

刘长春："我放松一下，不可以吗?"

宋君复："你除了完成训练，吃好，睡好，保存好体力，一切都不可以。"

刘长春反诘："我跳舞有什么？你每天干什么，以为我不知道?"

宋君复吼着："我是教练你是教练!"

房间里，那位妇女带男孩出来透凉。

刘长春有些不服地说："可我……"

宋君复："你什么都不要说了，从明天起，不许你进舞场!"

刘长春气愤地走开，没有进舱房睡觉。

83. 甲板上

夜雾迷茫，刘长春独靠船栏，无尽的痛苦在心中碾磨。

那个同舱的男孩跑到他的身边好奇地望着他。

刘长春向男孩挤着眼睛。

妈妈向那个男孩招手，唤他过去。

刘长春心潮浮想……

84. 赌博场

柏尔根的雪茄烟抽完两支了（英语）："宋先生，几天没回三等舱休息了?”

转盘在滚动。

宋君复(英语):“这并不影响我的运气。”

柏尔根(英语):“毕竟是三等!”

宋君复(英语):“我很想赢了你的头等舱。”

柏尔根(英语):“我对面的头等舱是空房,你不必惦记我的。”

宋君复机智地下注。

柏尔根随后大胆出手,多人赌码落定。

转盘在飞转,停下。

柏尔根小赢。

宋君复大赢,许多赌码都被他揽在怀中。

85. 升舱

胖胖的舱房主管数完九百美元,冲宋君复笑了(英语):“可以升舱了,来吧!”

86. 通向头等舱走廊

刘长春兴冲冲地跟在宋君复后边。

宋君复跟在提着钥匙的舱房主管后边。

刘长春:“宋老师,你是怎么搞的?”

宋君复:“没想到这三天,我的手气不错……”

刘长春:“你赢的!”

舱房主管在索菲房间对面停住,钥匙插进锁孔,门却突然从里边拉开。

——查利和船长在里边。

舱房主管（英语）：“罗伯特船长？”

罗伯特船长（英语）：“怎么回事？”

舱房主管（英语）：“这位先生上船就预约了这套房，现在钱已交齐。”

罗伯特船长（英语）：“很遗憾，查利先生已先调换了。”

舱房主管（英语）：“查利不是住在B区吗？”

查利（英语）：“那个房间晚上能听到轮机声，影响我休息。”

罗伯特船长向宋君复耸着肩（英语）：“实在对不起。”

宋君复一脸的尴尬。

柏尔根和索菲从对面房间出来了。

舱房主管解释（英语）：“船长，他们是参加奥运会的中国代表团。”

罗伯特船长（英语）：“这我知道。”

宋君复（英语）：“运动员休息不好，没法比赛的。”

罗伯特船长（英语）：“这我知道。”

宋君复（英语）：“请考虑一下我们的请求。”

罗伯特船长看着刘长春，再看着查利毫无动摇的意思，犹豫了。

查利一直避开索菲谴责的目光。

罗伯特船长问柏尔根（英语）：“你做生意遇到这样的问题，你的舵向哪个方向转动？”

柏尔根（英语）：“请两家协商。”

罗伯特船长（英语）：“你喜欢谁做你的邻居？”

索菲插言（英语）：“罗伯特船长，你把这个舱位给中国人。”

罗伯特船长（英语）：“为什么？”

索菲（英语）：“如果你不给他们，我再不会与你跳舞了！”

柏尔根（英语）：“索菲，你不能这样说。”

索菲（英语）：“运动员是我们洛杉矶邀请的客人。”

查利不服气地说（英语）：“索菲小姐，你知道我也是运动员。”

罗伯特船长（英语）：“都是运动员！那好，把这房间钥匙给我！”

87. 刘长春的三等舱内

刘长春：“我不跟他比赛！”

宋君复：“一定要比！”

刘长春：“这是耍弄我们！”

宋君复：“你不敢应战吗？”

刘长春：“为了一个舱位？”

宋君复：“为了改变他们的观念。”

刘长春：“你什么意思？”

宋君复：“在这些洋人眼里，中国人就是挨打受欺的对象，男人是扎长辫子、吸食鸦片的烟鬼，女人是裹着小脚、足不出户……”

刘长春：“别说了，我明白了。”

宋君复：“明白了？”

刘长春：“权当为奥运会练一把了。”

宋君复：“没全明白，我们此行不单单去奥运比赛，一路上要让更多的人重新认识我们。”

88. 宽大的船头甲板上

罗伯特船长举起了发令枪，宋君复握着秒表，所有乘客都来围观比赛。

刘长春和查利站在前甲板的起跑线上，查利轻松地拢了一下头发，向索菲打着手势。

砰！

刘长春像蹿出的兔子跑在查利前边，越跑越快。

查利紧随其后，咬住不放。

围观的人们自觉闪开道路，赛程是从船头到船尾绕船一周，全船的人一片沸腾，顿时打破了航行的单调沉闷。

查利在追撵刘长春。

索菲注视着两人的背影跑过船左侧窄小的通道。

刘长春顺利通过几层楼梯，飞快地奔向船尾了！

舷窗里探出水手们一双双好奇的眼睛。

柏尔根站在船最高处，用望远镜看着船上的对抗赛。

几只海鸥盘旋上空，鸣叫着。

船在大海的怀抱里劈浪前进，人在船的怀抱里奔跑。

刘长春在船尾甲板绕弯，踩上一堆鸟屎，重重地滑倒了。

查利趁机追上，超越在前。

柏尔根摘下望远镜，注视着这个中国男人腾地翻身而起。

CHINA

國 中
CHINA

刘长春迎着大海的风声、涛声，撒野般直追。（高速拍摄）

追风一般的刘长春。

那个男孩喊着："中国队加油！加油！"

索菲移动到船的右舷，见是查利领先冲过来了，惊诧地睁大眼睛。

查利在通过五级台阶时，回头看了一眼，稍有停顿，慢了。

刘长春旋风一般地跨过去了。

柏尔根看得清楚，把嘴里的雪茄吐到海里。

刘长春领先冲过来了，索菲有些激动。

水手在前甲板起点处扯起了撞线绳。

宋君复只盯着秒表飞跑的指针。

刘长春撞线了！

查利也跟上了。

中国男孩特别自豪地喊出："中国赢了！"

索菲满眼的佩服。

查利绅士风度地走向刘长春，伸出双肩，两人拥抱："你让我纠正了一个错误！"

罗伯特船长做了一个欣然的手势。

89. 头等舱

那张训练计划表贴在头等舱的墙上了。

三等舱内的中国人帮忙把行李搬进豪华舒适的头等舱房间。

套间，刘长春的行李放在里间。

刘长春不敢接受地说："宋老师在里间，我在外头就行啊！"

宋君复："要保证你的睡眠，还有十八天，下了船就进赛场，出成绩还要靠你呀！"

刘长春感动地说："宋老师！"

宋君复赢得自尊地说："我们再寒酸，好赖也是中国代表团，咱们要坐头等舱去美国！"

中国男孩带头欢呼。

索菲进来了："对不起，我提一个要求。"

宋君复抱歉地说："我们不会影响你们休息的。"

索菲："不，我对单刀赴会很感兴趣。"

宋君复："你什么意思？"

索菲："我志愿为奥运服务。"

宋君复："为我们？"

索菲："你看我的汉语可以吗？"

刘长春："太棒了！"

90. 太平洋面

台风掀起浪涌，海鸥在如山的白浪间翻飞，惊叫。

船在巨浪中飘摇。

91. 头等舱

刘长春在晃动中呕吐不止，坚持做俯卧撑动作。

宋君复鼓励他坚持做下去。突然，他自己也控制不住，跑到卫生间抱着马桶呕吐不止。

训练计划表上的一排图钉……

舱外，狂风暴雨，船体晃动。

两个人都倒在地上，死死攥着床栏杆。

舷窗上能看到扑打上来的海水，涌上落下。

刘长春艰难地进食，忽而又呕吐出来。

天旋地转的感觉……

训练用的器械、沙袋、发令枪，在地上倾斜，晃动。

92. 洛杉矶奥运村

先期到达的布齐教练和德国运动员在绿茵草地上愉悦地训练。

93. 檀香山港

邮轮靠上码头，天色破晓了。

船上挂出一个英文告示："因太平洋大风，在此停泊避风三天，有上岸休息的旅客请在开船前赶到。船长　罗伯特。"

刘长春脸色骤然紧张了："我们会迟到几天?"

宋君复："两天。"

刘长春："开幕式错过了。"

宋君复："第一场比赛也丢了。"

刘长春："找船长去!"

94. 船长室内外

刘长春站在门外没进去。

隔着玻璃看到宋君复、索菲在滔滔不绝地向罗伯特船长讲解着什么，副手也在一旁。

刘长春在外焦急地站着，等待结果。

看到罗伯特船长一次次摆手坚定否决的样子。

一会儿又被索菲说得认真坐下来。

刘长春焦急地在甲板上踱步。

海面上，落日像红球跌落到海水里。

海浪轻拍着船体。

锚绳一动不动，偶有几只海鸥暂栖在上边。

刘长春焦急的脸。

索菲扫兴地走出来了，向刘长春无奈地一耸肩。

95. 船靠在檀香山港

悠闲的人轻松地跳舞。

甲板上散步的人们欣赏着夏威夷群岛的美丽风光。

两个焦虑的中国人不安地转来走去。

96. 头等舱索菲的房间

索菲看到甲板上宋君复扶栏而立，望洋兴叹。

刘长春直挺挺地瘫躺在甲板上，仰望高天，一派回天无力的感觉。

一切都在强烈的阳光中凝固了，似乎海鸥停飞，白云凝固在天空。

绝望的沉寂紧裹着他们俩。

索菲（英语）："……他们肯定要迟到吗？"

柏尔根（英语）："这条航线我走得多了，即使在旧金山再提速，到洛杉矶肯定是三十日以后了。"

索菲（英语）："奇迹不会发生吗？"

柏尔根（英语）："有奇迹发生了。"

索菲（英语）："在哪儿？"

柏尔根（英语）："你身上。"

索菲（英语）：“我？”

柏尔根（英语）：“奥运会同意你作为中国方面的志愿联络员，你妈妈为你联系好了。”

索菲（英语）：“真的？”

柏尔根拿出一张电报（英语）：“我让船长发的电报。”

索菲（英语）：“爸爸，现在我更为他们着急了。”

柏尔根（英语）：“我也没办法。”

索菲用汉语：“折腾这么远，他们无法参加开幕式，上帝为什么不帮助他们创造奇迹？”

柏尔根（英语）：“除非把奥运会搬到中国，在家门口办，那他们就不用折腾了，这可能吗？”

97. 甲板上

空气炎热而沉闷，两个无助的中国人。

98. 洛杉矶奥运会场运动员入场处

工作人员在检录，中国队还没有报到，印有“CHINA”的出场国标志旗被放置一边。

广播声传来开幕仪式开始，请运动员入场。

99. 洛杉矶奥运会开幕式

字幕：1932年7月30日

容纳七万观众的会场，座无虚席，几百位旅美华侨坐在一起，翘首以待，欢迎中国人第一次参加奥运会，目光向场内寻找。

有人跑来传达："中国队坐的船，遭遇台风了，还没到。"
华侨们顿感惋惜。

100. 洛杉矶码头

邮轮的下船桥板刚搭到了岸边。
刘长春和宋君复在下船。
远处传来宏大的鼓乐声。
一辆接待车举着标牌找中国代表团。
索菲最先发现："快！接你们的。"
刘长春惊喜地与接待人员见了面。
接待人员（英语）："快上车，开幕式正在入场。"
索菲给翻译着。
刘长春张大了嘴巴："什么？"
宋君复（英语）："今天不是三十一日吗？"
"你忘记时差了吧！"
"下午三时开始的。"
宋君复恍然大悟："快！"
刘长春和宋君复急忙把行李扔到车上。
索菲的妈妈开车来接索菲父女。
索菲还没来得及与妈妈接吻，就跳上了接待车。
索菲妈妈（英语）："索菲！"
索菲（英语）："别管我，妈妈。"
那车像撒野般奔向会场。
柏尔根吻着夫人（英语）："没办法！"

101. 通向开幕式会场的路上

车上，刘长春开始换服装。

宋君复准备国旗。

接近门口时，人多拥挤得车开不过去了。

刘长春跳下车往里跑。

后边跟着宋君复和索菲。

刘长春举着国旗在跑。

102. 开幕式会场

一队队身着不同服饰、不同国家的代表队，走进体育场。

希腊走过来了……

各国代表队高举旗帜出场。

观众席上华侨们向场内寻找，众人失望的神情。

突然，有人兴奋地一指，高叫："中国！"

几乎同时，华侨们霍地站起，目光聚焦中国代表队。

索菲举着出场国标志旗"CHINA"前导，刘长春手执青天白日旗，气宇轩昂地走进会场。

后边是教练宋君复。

刘长春向华侨们点头致意。

华侨们同时把鲜花抛向他们，继而是有节奏的鼓掌！

刘长春的运动衫已被汗水湿透。

场上，各种奇异的目光看着仅有一个运动员的中国队。

特别是日本队。

布齐教练看到了刘长春，激动地喊着。

刘长春没听见，挺胸举旗向前走着。

旗帜上边的“CHINA”。

索菲的父母看到了女儿，欣喜地向她摆手。

刘长春的脚步。

场边的查利猛回头，看台上华侨们打出中英文的大幅标语：“中国人来了！”

燃烧的奥运圣火。

第五章　虽败犹荣

103. 百米预赛场

佩戴97编号的刘长春与白人、黑人运动员在跑道前准备，相邻的美国黑人运动员友好地与他握手，用英语打招呼。

刘长春指着胸前的字母：“CHINA！”

日本运动员向刘长春招着手。

刘长春有意背身不予理睬。

日本运动员走近他，推推他，提醒他的脚下。

刘长春这时看见左脚的鞋带松了。

日本运动员友好地点点头。

刘长春系好鞋带，握手致谢。

裁判员：“预备！”

刘长春与七个国家的选手站在同一起跑线上。

八双脚蹬上起跑器，如箭在弦上。

前方笔直的跑道……

枪响！

215
312
國中
CHINA
458

刘长春起跑相当精彩，如奔鹿一跃而起，甩掉了所有对手，冲在最前面。

索菲用照相机抢拍。

104. 观众席

华侨们呼喊："中国人，加油！"

布齐教练站起身，目不转睛地盯着刘长春，当他发现刘长春步速出现不稳时，咬牙握拳，爱莫能助。

105. 百米预赛场

刘长春离终点很近了，后面的选手冲到前头撞线了。

索菲迎上："第五名？"

刘长春："第五。"

索菲："淘汰了？"

宋君复："只取前三名。"

刘长春遗憾地背过身去："没希望进复赛了！"

这时，一只手拍着他的肩膀："刘！"

刘长春回身一看是布齐教练，久别重逢却在此时，一下子拥抱住他。

布齐："第一名10秒9，可你的纪录是10秒8呀，发挥得不好。"

刘长春不服气："看我的200米吧！"

106. 奥运村餐厅

晚饭，刘长春吃得心不在焉，情绪低落。

宋君复有些不悦，命令的口吻：“把那小块牛肉吃了！”

刘长春：“吃不下。”

宋君复：“吃不好，怎么能跑好？”

刘长春：“真想大连的咸鱼饼子。”

宋君复：“这是美国。”

刘长春：“我呀，咸鱼饼子的命！”

宋君复：“100米应该进第二轮的，可惜啊。”

刘长春：“脑子飘飘悠悠的，最后几步怎么也踩不到点了。”

宋君复：“你恢复不好的话，200米只能放弃了！”

刘长春：“放弃？”

宋君复：“你能挺下来？”

刘长春：“挺！死也要死在跑道上！”

宋君复赞赏地说：“要的就是你这股劲儿，挺到最后，进决赛！”

刘长春：“校长面前你我立了军令状的！”

宋君复：“消灭这块牛肉！”

胸前挂着奥委会工作人员徽章的索菲走来：“组委会让我通知你们，200米预赛是2日上午，在主场。可以好好休息一下了。”

107. 洛杉矶奥运村口

索菲开车拉着刘长春、宋君复离开奥运村。

刘长春：“去哪儿？”

索菲：“我找到一家中国餐馆，能吃咸鱼饼子！”

108. 洛杉矶一家华侨致公饭庄

满桌的家乡菜，咸鱼饼子、煎饼大葱、生菜蘸酱、北京烤鸭。

刘长春："太感谢你们了。"

张老板："索菲小姐说你吃不惯西餐。"

宋君复："谢谢索菲。"

张老板："刘大哥是东北人，俺是山东济南府人，大饼子，要大葱吗?"

刘长春："要！有两个月没吃咸鱼和饼子了。"

看见咸鱼、饼子，刘长春眼前闪现妻子为他贴大饼子的情景。

刘长春拿起金黄色的大饼子，狠狠地咬了一口，眼泪都要出来了。

张老板："大哥，慢慢吃吧，到这儿跟到家一样。"

109. 致公饭庄大厅内

刘长春和宋君复踩着唢呐声走出来，大堂内挤满中国人，提着红灯笼、酒品，前来问候看望，鼓掌施礼。

刘长春和宋君复受宠若惊。

大堂正面挂着致公堂领袖司徒美堂的抗战训令："海内外各处党员，一致参加抗战工作，出钱出力，以尽职责。"

张老板："刘大哥，这位是旅美华侨会的主席，这几位是我们致公堂的，都到这里来看你们了!"

刘长春："谢谢诸位。"

一位老华侨指着一张报纸："你把'东亚病夫'的帽子甩到太平洋里了！那个伪'满洲国'的阴谋泡汤了!"

刘长春愕然一怔。

老华侨："你们代表了中国，奥委会不接受伪'满洲国'的席位了!"

刘长春激动了："拿酒来!"

一致举杯。

致公堂的吴先生："刘君一人上场，却非孤军作战，旅美华人都为你助威呀，我们致公堂的人从旧金山都去了赛场，有什么困难，只管说！"

宋君复："给你们添麻烦了。"

吴先生："天下华人是一家。"

张老板："刘大哥、宋教练，往后想吃中国菜，咸鱼饼子，餐馆包送！"

刘长春感激地抱拳："拜谢同胞！"

110. 奥运会200米预赛检录处

休息室，宋君复给刘长春按摩。

刘长春躺在床上。

宋君复："这两天休息过来了？"

刘长春："缓过来了。"

宋君复："咸鱼饼子上足料了？"

刘长春："营养没问题。"

宋君复："我对你200米充满信心。"

刘长春："你放心，最后一拼了。"

宋君复："进了跑道，心无杂念。"

刘长春："我媳妇就说我顾头不顾腚。"

宋君复爱惜地拍了拍他的屁股："好，再放松一点，怎么有点发紧？"

刘长春："紧？"

看见了索菲站在远处向他微笑着挥手。

宋君复叮嘱："200米预赛取不上前三名，全结束了。"

默默地按摩，两人无话。

刘长春:“给我点水喝。”

宋君复正要去找。

一瓶水递给了刘长春,一看是布齐,他站在一侧,很久没说话,冲他微笑点点头,做了一个胜利的手势。

111. 200米赛场跑道上

各种肤色的腿站在跑道上。

刘长春在第五跑道上,挨着日本运动员。

两人友好地握了手。

裁判员:“预备!”

气氛紧张。

有人抢跑犯规。

把气氛搞得更紧张了。

重新准备,刘长春蹲跪下去。

112. 观众席上

张老板和华侨们一起打出“中国人,向前冲”的标语。

索菲在场地一角准备抢拍镜头。

113. 赛场跑道

砰!枪响。

刘长春像上足了发条,起跑非常快,领先在前。

秒表在飞转。

“加油!刘大哥加油!”喊声高扬。

刘长春健美协调的腿部肌肉，摆动的手臂，圆瞪的双眼，虎虎生风，观众为之惊讶，白衣黑裤的中国人起跑发力的状态超过了欧洲人。

布齐高喊："CHINA！"

刘长春一直领先170米，眼看只差30米胜利在望。

身后黑人运动员追赶超过。

刘长春步频变异，身后一个、两个、三个追上他了。

他是第四名到达终点。

淘汰！

又一次淘汰！

宋君复惋惜地上前抱住了他："最后你怎么了？"

刘长春无限遗憾地摇摇头，无话。

黑人运动员讥讽："97号又被淘汰了。"

几位记者上前采访："第一次参加世界大赛，两次预赛被淘汰，怎么看中国的体育实力？"

宋君复不予理睬。

记者逼问："刘长春没有进入复赛，中国队等于是零了。"

羞辱。

蔑视。

宋君复遏制怒火，目光像鞭子瞥向记者。

刘长春仰天悲望，慢慢坐在地上，背对观众。

布齐上前拉起了刘长春。

114. 看台上

助威的华侨们，从呐喊，痛苦，到落泪。

115. 奥运村宋君复房间里

报道奥运的各种报纸，各项比赛结束的排行榜，一幅幅冠军们志得意满的照片。

一张报纸上发表的漫画，给中国队画了个大零蛋，并插入一个运动员言论：“淘汰了刘长春，就淘汰了中国！”

宋君复沮丧地喝酒浇愁。

116. 刘长春房间

索菲推门进来，没有人。

桌子上，沙袋、怀表、发令枪………

117. 洛杉矶海边礁石上

夜飘着小雨，刘长春伫立在礁石上遥望大海，满脸流露着英雄末路的悲怆。

索菲开车找来：“你怎么在这儿？想回家了？”

刘长春：“我不能回家！”

索菲：“唔，他们还会抓你吗？”

刘长春：“我也不能回国。”

索菲：“想留在美国？”

刘长春摇头。

索菲心情紧张了。

刘长春：“我无颜见校长，无颜见国人，见江东父老。”

索菲：“你要干什么？”

中

中國

刘长春："我发过誓，不拿奖牌提头来见！"

索菲："不要这么逼自己！"

刘长春："我不能言而无信。"

索菲："你的痛苦我知道。"

刘长春仰天悲叹："你看到了，淘汰了刘长春，就淘汰了中国，我给国家丢脸了！"

索菲："不要理会，你不要理会。今晚冠军聚餐会还发给你邀请呢！"

刘长春绝望地摇头："冠军聚餐会请我？想戏弄我吗？"

索菲上前拦住："不！我是大会服务人员，正式通知，邀请中国运动员参加冠军聚餐会，去不去，你决定吧！"

刘长春痛苦地摇头。

两双眼睛在绵绵小雨中对视。

118. 奥运村中豪华宴会厅

大厅挂着奥运五环徽，坐满了胸前佩挂奖牌的各国运动员，脸上洋溢着胜利者的豪情和喜悦，集聚一堂，把杯牵盏。

索菲引导刘长春在后排桌悄然坐下。

主持人是总裁判长古斯塔夫斯·柯尔比，他请上来了5000米冠、亚军——芬兰的莱赫蒂宁和美国的希尔。

两人微笑着站在前台。

主持人（英语）："两人5000米成绩都是14分30秒，而金牌只有一枚。我判给了莱赫蒂宁，美国人在骂我了。我注意到莱赫蒂宁在领奖时让你也站在冠军台上，希尔你为什么拒绝了？"

希尔（英语）："你的判定是正确的，我尊重裁判。"

莱赫蒂宁微笑而歉意地说（英语）："感谢东道主。这枚奖牌属于希尔!”说着举起胸前的金牌要给希尔戴上。

会场热烈起来。

希尔热情推辞(英语):“你跑得比我好,你在前边领跑,我一直在追你,金牌是你的。”

无奈,莱赫蒂宁将一枚有芬兰国旗图案的纪念章别在希尔的运动衫上。

两人紧紧地拥抱在一起。

欢呼和碰杯的声音。

刘长春默然坐着,情绪依然低沉,索菲一直在照顾他,向他介绍邻座的美国女选手赫·麦迪逊,她是100米、400米自由泳和接力赛冠军,胸前挂了三枚金牌。

前座是100米女子短跑冠军——波兰的斯·瓦拉谢维奇。

左边是男子10000米冠军——波兰的雅努什·库索辛斯基。

索菲一一向刘长春介绍。

右边是女子200米蛙泳冠军——澳大利亚的克·丹尼斯,还有撑竿跳的亚军——日本的西田。

每个人胸前的奖牌,都沉甸甸的,格外耀眼。

刘长春不懂英语无法交流,也没有奖牌,面露窘色,闷坐不语。

主持人(英语):“本届第一次参加奥运会的国家,有哥伦比亚和中国,我们请两国的选手上来!”

静场。

工作人员(英语):“哥伦比亚选手没来!”

工作人员(英语):“中国选手,刘长春?”

静场片刻。

索菲站起(英语):“中国选手在这儿!”

刘长春略有些踌躇,当所有目光移来,他起身向前走去,索菲随后跟上。

刘长春到了前台站定，一时不知讲什么。

索菲（英语）：“他不会讲英语，我来翻译。”

刘长春有些紧张：“我是中国东北大学的学生，第一次参加奥运会。”

索菲翻译着。

刘长春：“在座的很多人恐怕没有去过中国，中国和希腊一样，都是千年文明古国，中国有四万万人口，我，我作为他们的代表，来了。”

索菲翻译的声音很清脆，会场一下子静下来了。

刘长春：“站在这里我不知道说什么。我胸前，比你们缺一样东西，我很惭愧……我弄不明白为什么让我参加这样有荣誉的胜利者聚会？”

索菲在翻译。

主持人（英语）：“奥林匹克是大家庭，五洲之内的运动员都是兄弟，中国第一次参加，请你来感受我们五环旗下的团结友谊。”

刘长春：“对不起，我心里一直在难过，我在两个项目中都被淘汰了，报上有漫画，中国队是一个大鸭蛋。”

索菲翻译过后，场上一阵嘘声。

刘长春：“报纸的批评，更让我难过，‘淘汰了刘长春，就淘汰了中国’，在这个大家庭里，我肯定是小兄弟，你们可以骂我讽刺我。但是，我不希望看到因为我的失败而蔑视和侮辱我的国家。中国人正在经受战争的苦难，比任何时候都需要奥林匹克精神，奥林匹克大家庭是不能没有中国的。对不起，我心里很难过。”

索菲激情的翻译，使会场一下子严肃起来，她走到台前抱起了桌上的一个地球仪。

场面变得引人注目。

索菲用英语边讲边转动着地球仪，从兜里掏出口红在地球仪上画着，从大连画到了洛杉矶（英语）：“他，从被日本人占领的中国大连，经过炮火纷飞的战场，一路逃难奔跑，可以说他跑了几十个马拉松！他，感动了上帝，募捐到了赴美的经费，在太平洋上又遭遇台风，船上呕吐不止，吃不好，睡不着，体力消耗已尽。他只有一个目标，代表四万万中国人向奥林匹克报到！他为和平而来，为友谊而来，为他的祖国而来，即使你是世界冠军，也没有理由讥讽和嘲笑他！……”

她转动着的地球仪随着激昂的讲话，戛然而止。

口红在地球仪上画出长长的曲线，感动得全场鸦雀无声。

刘长春听不懂索菲的英语，却见前边的运动员脸色肃然庄重，纷纷起立。

一个美国黑人运动员站起讲话（英语）：“我和刘同在一场比赛，听到有人嘲笑，淘汰了他就淘汰了中国，后来记者采访，我不该扩大宣传。我向刘先生道歉！你能参加，比取胜更重要，比奖牌更宝贵！”

全场鼓掌，向刘长春致意！

黑人运动员上前拥抱。

索菲激动地拥抱刘长春。

刘长春：“刚才你翻译些什么？我没听懂。”

索菲：“他们懂了就OK！”

众人纷纷与刘长春握手，还是那位日本短跑运动员友好地上前交流，并拿出一个橄榄树枝做的头圈，交给了主持人。

主持人总裁判长柯尔比郑重地给刘长春戴在头上，这个象征奥林匹克和平的橄榄圈，使全场都静下来了。

刘长春激动地向众人鞠躬。

全场鼓掌。

119. 洛杉矶码头

轮船的汽笛，索菲依依不舍地送别刘长春。

远处，宋君复和柏尔根夫妇告别。

索菲递给刘长春洗好的照片。

刘长春：“什么时候能看到你的书？”

索菲：“我需要一个美好的结尾。”

刘长春：“欢迎你再来中国！”

索菲：“一定去。”

刘长春：“请你到我的家乡。”

索菲：“吃咸鱼饼子？”

“咸鱼饼子。”刘长春深情地拥抱索菲，吻别……

手中照片滑落地上：——刘长春在百米跑道上蹲踞起跑的姿势，背心上印有“CHINA”……

120. 现实·大连理工大学刘长春体育馆前

刘长春蹲踞起跑的照片化为一尊雕像，坐落在阳光普照的绿草地上。

一个中国男孩（4岁）将无数面“中国印”的小彩旗，一一插在雕像前方的绿地上。

忽然间抬头，看见一位美国青年推着轮椅上满头银发的索菲（86岁），她无语地凝视着刘长春的雕像。

老年索菲有些激动，长满寿斑的手，将当年那个沙袋、发令枪、怀表，放在刘长春雕像下。

小男孩好奇地拿起那把发令枪，站在了那一排“中国印”彩旗形成的起跑线侧面，举起枪来。

老年索菲仿佛看见刘长春还在起跑……

（定格剧终）

字幕：刘长春　1909年出生，大连人，著名短跑运动员，曾创造百米10秒8的全国纪录，代表中国参加第10届、第11届奥运会。解放后，任大连理工大学教授、第五届全国政协委员、中国奥委会副主席，1983年3月病逝，享年74岁。

2007年4月北京昌平

起跑吧，奥运电影的第一棒

《一个人的奥林匹克》编剧谈

王兴东

从生活开始了第一棒的起跑

如果把一部电影工程比作4×400米的接力赛，编剧就是跑第一棒的。编剧手里攥着的虽然不是从希腊女神手里点燃的圣火，却是其想要寻找和点燃的心灵智慧之棒、文学戏剧之棒。电影内容之棒的剧本，是一项相当艰苦的自主创新工作，这是从生活的底层开始的跋涉，要在茫茫人海中去感受、去挖掘、去搜集、去采撷。无论后来接力者跑的速度和成绩如何，编剧总是要第一个完成这个接力棒，最早地付出激情，最多地付出时光，点燃并传递影片灵魂之炬的接力棒，向制片人传递，再传给导演，导演再传给演员，最后向银幕冲刺，向观众眼球撞线。

电影的一切从剧本开始，剧本的一切从生活开始。《一个人的奥林匹克》是再现中国奥运第一人刘长春的故事，也是中国第一部表现奥运会的故事影片。早在1984年中国第一次奥运夺金的时候，一位大连亲戚对我说起，中国第一个参加奥运会的选手是我们

王兴东与刘长春教授的助手邹继豪教授

大连人刘长春，他曾经是玻璃厂的工人，由于跑得特快，被张学良办的东北大学破格录取，他的百米成绩10秒8，是当时的全国冠军。“九一八”事变后，日本占领东北三省，让刘长春代表伪“满洲国”出席美国洛杉矶奥运会，被他毅然拒绝。为戳穿日本侵略者阴谋，表达中国人民企盼和平的愿望，他决心代表中国去参赛，张学良资助他八千银圆，他坐船在海上漂了二十一天，只身去了美国。然而，他在100米和200米预赛中就被淘汰了，输得挺惨。

这个悲壮的故事从此在我的脑海里盘旋。刘长春先生早在1983年去世，已无法采访到他本人了。可喜的是我在《政协文史资料选辑》第70期中，找到了刘长春写的回忆录《我国首次正式参加奥运会始末》，三十页的亲历回忆，为电影创作提供了真实有力的支点。

2004年春天，我来到刘长春供职的大连理工大学，时任校党委书记林安西同志热情接待了我，讲起刘长春曾教过他体育课。为让我更多地了解刘长春的性格，他召集了学校熟悉刘长春教授的同事一起座谈，包括刘长春的助手邹继豪教授。他们两人从师生关系到秘书和助手，特别是刘长春当选了第五届全国政协委员后，邹继豪陪同刘长春参加政协会议，作为工作和生活秘书，参与了那篇回忆录的整理工作，因此他讲述了很多刘长春感人的生活细节。

在大连高尔基路的刘长春故居，我拜访了刘长春的第四子刘鸿图教授，了解了先生的晚年生活，特别是当国际奥委会恢复中国合法席位后，他十分关注我国参加奥运会比赛的情况，不顾高龄，主动请缨要担当少年田径运动员教练。沿着刘长春回忆录的记载，我又来到旅顺小平岛，参观了旅顺日本关东军司令部旧址。在沈阳刘长春的母校，我看到了张学良1929年修建的“汉卿体育场”，刘长春曾在这里同德国、日本的一流选手比赛。

我不是运动员，但必须找到选手参加奥运会的真实感觉，我到国家体育总局田径中心拜访了罗主任，听他们详述了雅典奥运会上刘翔夺冠的激动人心的经历。罗主任讲到五星红旗在他腰间揣了七天，田径场上没拿到一枚金牌，他焦急而默默地承受着巨大的压力，就指望着刘翔最后的决赛了。为了让刘翔睡好觉，他和孙教练早晨不敢在屋内上厕所，怕出水声影响刘翔休息，都到楼外找厕所方便。最后决赛时，刘翔不负众望，夺得冠军，罗主任把备好的国旗扔给他时，自己也松了一口气，找到一片静谧的绿地躺下。就在这时，又传来了邢慧娜夺得10000米金牌的消息。罗主任讲述这段激动人心的往事，泪水止不住溢出来，我被深深感染，激动落泪，一步步地触摸着奥林匹克，感受着神圣的奥运精神。

在罗主任介绍下，我和制片人王浙滨专门去沈阳拜访了5000米奥运冠军王军霞。被誉为“东方神鹿”的王军霞创造的传奇故事，就是一部充满戏剧性的长篇影视剧，也许因为她是大连老乡，我们谈得很放松、很广泛，她时间很宝贵，我们采访一直全程录像，她奔跑的历史，书写了另外一个奥林匹克的故事。一个乡间中学女生，因为家与学校的距离，天天上学要跑步去，谁也没有想到就是这样一位热爱奔跑的中国女孩，经历了马家军的训练，成为世界体坛的一颗伟大耀眼的明星。王军霞的故事是非常好的影视题材，当时我想更换题材，写一个中国农村中学女孩怎样成为世界冠军。后来，考虑到电视实况真实记录了王军霞夺冠的故事，她身披国旗绕场一周的镜头已经家喻户晓，对今天的观众没有一种神秘的距离感，可以先放一下，五年后大有文章可做。但是，王军霞讲到进入起跑线时的感受，给我留下极深的印象，她说："运动员进入跑道，最关键是气势，不要让对方镇住，要镇住对方。"这种英雄气概让我至今都心生敬慕，对于写作刘长春的故事，特别是他第一次与外国强手交锋时，会有特别真切的感受。

王兴东采访奥运冠军王军霞（2005年）

为了找到当时刘长春参加奥运会前后中国运动员对于奥运会的向往和理解，一个英国奥运冠军埃里克·利迪尔进入了我的调查计划。他1902年出生在中国天津，父母均是英国苏格兰人。1907年，5岁的他随父母回国上小学，后进入苏格兰使达灵郡伦敦中学，又考入爱丁堡大学，攻读科学学位。1924年在巴黎参加第8届奥运会，以47秒的成绩打破男子400米奥运会纪录，夺得了金牌。作为奥运冠军，当时英国开出了优厚的条件和待遇，但是利迪尔在1925年毅然返回出生地中国，在天津新学书院（即现在的天津市第十七中学）执教，当了一名化学教师。1943年3月，利迪尔与天津的其他外国侨民一起被日本侵略军集中囚往山东潍坊集中营，历时三年的囚徒生活，在战争快要结束前三个月，在日本集中营里病逝。奥斯卡获奖影片《火的战车》就是再现利迪尔在巴黎夺冠的故事。我是听人说起，1931年华北运动会期间，刘长春曾经见过利迪尔，正是这一点线索让我顺藤摸瓜，又去了天津市第十七中学调查，看到了一些档案资料，利迪尔的形象便进入了我的素材库里。

写刘长春单刀赴会的故事，我非常想去美国洛杉矶看看当年的纪念体育场、街道和城市景观。然而，在写剧本之前我没有可能实现去洛杉矶的愿望。在当下中国影视界里，一般人都认为编剧就是坐家里编写就行了，查查资料，上上网，看一些碟片，不需要到实地看，那都是导演和摄制部门的事儿了。没有去洛杉矶的可能，我只好看一些图片资料，借助刘长春写的回忆录，拷贝他的感受了。其实，编剧是一部电影的设计师，如同建筑设计一样，必须要先做地形地貌勘探调查后，才能在图纸中进行有效面积的设计。同样，只有看到主人公生活的环境，看到那个景地，才有可能把人物置身到最有表现力的环境中去，才有可能为主人公创造出精彩的戏剧情境来。电影说到底，最后拍摄的就是“人与景”，写剧本不同于写

王兴东在大连理工大学的刘长春体育馆（2004年）

小说可以臆造，画面文学需要更多的视觉上的真实感觉。因为我看过日本关东军1932年前在旅顺的司令部旧址，在描写日本关东军的戏时就会有置身其境的踏实感觉，笔下不空。为了提倡编剧深入生活或者是为了编剧争取走下去的权益，我在各处都宣扬日本著名电影大师新藤兼人的话——“电影剧本是用脚写出来的”。我的写作实践也在证明一点，优质剧本的编剧应该是这部影片的第一位采景人。

编剧是跑第一棒的，肩扛着观众的眼睛，眼盯着市场的目标，脚踩着生活的大地，怀揣着孕育的人物，饱含着心血和激情，点燃手里的接力棒，传递给电影的制作集体。我之所以在这里写了这么多有关编剧的过程，是因为当前中国编剧的地位、待遇一定程度受到轻视和歧视，从电影字幕排名可以看到，编剧越来越被挤到后边，很多电影海报都找不到编剧的署名，影片成功了没有编剧的份儿，媒体只看到了最后一棒冲刺撞线的动作，却有意或无意把跑第一棒

王兴东与邹继豪、刘鸿图（2008年）

的人忽略了，重导演、崇演员，而贬低编剧的作用，不经编剧同意随意修改剧本，已成为当下不可忽视的社会现象了。好在美国编剧的维权行动给全世界从事影视产业的人上了一堂课，没有好剧本拍不出好影片，没有编剧的介入，奥斯卡颁奖的串场词都进行不下去。维护编剧的权益，善待编剧的剧作，提倡尊重知识产权，尊重创作人才，恰恰是我们党和国家一再强调的政策。编剧掌握着打开一部电影之门的钥匙，电影的自主创新，首先体现在编剧的自主创新上，而编剧的自主创新，不是躺在别人身上改编的话，就必须到生活中去发现、去发明、去发展自己的想象。

编剧深入生活也是需要费用的，非常感谢我就职的北京紫禁城影业公司，对于我深入生活的要求总是能够给予经费上的支持。生活不等于艺术，但艺术必须感受生活。我用一年多时间采访调查，研究人物，消化资料，一切为了找到当年刘长春的内心感受，再现人物的性格。

写人物必须从人物内心性格起跑

创造出人物性格永远是剧作家的最高目标，也是编剧的珠峰登顶之难之苦。讲述一个故事的来龙去脉是容易的，而真正地刻画出我国奥运第一人的个性，是一个大课题。在我之前，1984年上海曾拍摄过三集电视剧，有人写过一部电视电影，最近又有人写了长篇电视剧，这个题材有多人写过，超越这些都不是难度。难的是当今体育题材的电影太难弄了，几乎没有一部体育电影在影院放映。直接原因是电视媒体对于体育赛事和体育人物的直接介入，其真实、其悬念、其激烈都比电影引人入胜，使得体育赛事表演的内容在电影中不再有魅力了。写好刘长春的奔跑，只有在人物的性格和内心的挣扎上用功夫。《阿甘正传》《罗拉快跑》《火的战车》给我的启示就是，让刘长春跑出中国人的性格来，在奔跑中写人物，而不是表现人物的奔跑。

编剧的功夫最终拼的是写好人物性格，只要把性格写好，其他甚至都可以不顾了。这个题材真正要写出刘长春的性格，非下功夫不可。当我在大连理工大学刘长春雕像前，一次次与他无语地对话时，一遍遍地重温他是如何成长为一员短跑名将！父亲是一个修鞋匠，母亲在他9岁时病逝，他16岁结婚，很早就在日本人开的工厂做工，养家糊口。后来被张学良办的东北大学破格录取为体育系学生，受训于德国教练，“九一八”事变后学校被占失学。这些经历在他内心产生过怎样的影响？面对日本人的重金高官收买，为什么他会拒绝代表伪“满洲国”参赛？家庭在大连，就在日本人的掌控下，跑得了和尚跑不了庙，他就不怕得罪了日本人会遭到报复吗？他有没有被日本人“大东亚共荣”的宣传蒙蔽过？是代表伪“满洲国”还是代表中国，在两难选择时他没有犹豫过吗？他父亲曾在日本人逼迫下写过信劝他服从日本人的要求，面对父亲的态度，也是展示主人公性格的剖面，拒绝的过程和手段也是他的性格决定的吗？大量的资料研究证明他与张学良校长关系很近，他的抉择受张学良的影响有多少？张学良怎样看待刘长春的选择，为什么他个人要出资八千大洋支持刘长春前去赴会？

为更好地揭示人物性格，必须先把主人公推到为谁出征的焦点之中，他选择什么是最能表现人物性格的。一面是强大的侵略军和他们掌控下的妻儿家小，一面是国破山河碎饱受战火的贫弱中国，选择什么标志着他是什么样性格的人，他怎样选择的过程，是揭示这位半殖民地下的东北男人性格特征的关键情节。

面对刘长春的雕像，我一次次在揣摩，他当年23岁，没有去过美国，没有参加过奥运大赛，单刀赴会的胆魄何来？一个人坐船从上海码头起航，漂泊二十一天，面对茫茫大海他在思考什么？孤独吗？自信吗？障碍和困苦是什么？想没想到，如果此行失败，如何回来面对江东父老，如何面对寄予厚望的中国同胞，如何面对日本人的迫害？

算起来写剧本三十多年了，窍门不多，旧法一个，那就是把自己换位于主人公，将心比心地去思考、去面对、去琢磨，琢磨人物最好的办法就是进入这个人物的角色。当我把自己当作23岁的刘长春，且有了两个孩子，如何拒绝日本人的要求？正是因为刘长春长期在半殖民地的环境下，看过众多中国人被日本人欺压，骨子里埋下了反抗的情绪，在代表还是拒绝伪“满洲国”的选择之时，民族的本能记忆以最朴素的正义感从内心性格最本质最深层中强有力地激发了出来，正是这个刺激，成为一次推动，他要为中国人出口气，要代表中国去奥运会的意愿被激发了出来，这样一个在戏剧中被认为最高需求的目标出现了。于是，主人公开始采取了动作，为了中国沦陷区的东北父老，“豁出去了！”

“豁出去了！”大有荆轲出征一去不返的豪气。我庆幸找到了人物内心世界中带有支配和领导意志的主脑，他不留后路，不留余地，不瞻前顾后，一去不返的执拗，决定了他敢于单刀赴会的气概，这是他长期奔跑多次参赛的经历磨炼而成，也与职业特性有关。短跑运动就是闻枪而动，一往无前，绝不犹豫，行为果决，义无反顾，这形成了他的核心性格。找到性格的核心就有了结构人物性格的焦点，用“糖球滚芝麻”的方法，将一切对性格有作用的生活细节，如同芝麻都滚粘在糖核上，粘不上的一律不用。比如，刘长春船上吃不惯西餐的细节。一个人的生活习惯，对于再现人物性格大有作用，我粘贴上他爱吃大连的咸鱼饼子，因为这是大连海边居民的普通饭菜，不仅联结了夫妻烧火做咸鱼饼子的情感戏，在异国他乡同时牵动人物的故土之情，怀念吃咸鱼饼子的时光，可以让人联想到人物情感深处的乡情，看似生活的细节，我反复使用了多次，目的皆为创造人物性格。另外，在剧本里我有意赋予了刘长春“闻枪而动"的习惯动作，这是源于刘长春的起跑动作特别快，即使在他失利的奥运赛场上，他开始的起跑都是在前边的。他的助手邹继豪教授向我解释，刘长春的起跑是经过德国教练布齐训练过的，爆发力很强。所以我有意图地重复这个"闻枪而动"，也是有意图地揭示人物"兔子腿"的性格，会给观众留下特别的印象，使人物鲜活起来。

常见评论文章讥讽影视人物的"一根筋"，其实最出色最受观众喜欢的电影人物就是"一根筋"的，好的剧本就是表现主人公确定需求后，为追求自己的目标，不惜一切手段，不顾一切干扰，沿着一个确定的需求"一根筋"地发起动作，观众始终看到他不可能达到目标，而主人公却绝不放弃，一根筋地向前挣扎。也许是由于电影局限原理的特点，银幕上表现"一根筋"人物形象的电影，均得到了观众的喜欢，因为只有这样的人物才能构成好看的具有悬念的人物性格。

剧本确定了刘长春的需求——代表中国参加奥运会，"一根筋"的方向有了，能不能去成？怎么去的美国洛杉矶奥运会？期待成了剧本的悬念，如何把故事讲得好看，引人入胜，让我颇费心机。从刘长春拒绝代表伪"满洲国"参加奥运会，危机开始笼罩，关东军一路追杀，人物陷入矛盾的痛苦挣扎中，一系列的困境和障碍等着他，都没有阻挡他的追求，即使去美国的路费成了问题，船上吃住不适，海上遇到暴风，航期耽误了就参加不了开幕式……这样的不可抗拒的天然灾难，都没有削弱他追求方向的意志，一个危机接着一个危机，最后走向赛场失败，无颜回国才是他最大的危机。当我把主人公摆进这个灵魂挣扎的残酷旋涡中，我为这位中国男人而潸然泪下，三年时间的琢磨，为了一个人、一部电影、一种精神、一种追求最高最强的意志，至今激励着我克服困境完成了这部剧本。

王兴东在刘长春雕像前

七十六年前的夏天，在洛杉矶第10届奥运会上，世界终于看到：中国人来了！当刘长春与世界强手站在同一起跑线上，中国人开始追赶世界奥运的征程，是他承担了中华民族起跑的第一棒，拳拳之心跃动在竞争跑道上，成为一个民族的脊梁。他凭一身热血，凭一腔忠诚，把中国人不甘落后的誓言大写在世界赛场上，参与比获胜更重要，其悲壮的结局，更发人深思，引人怀想。

一个人代表了一个民族，一部电影表达了一个民族的敬意

一个人代表了一个民族，这就是“刘长春精神”的核心。

2008年是中国奥运年，我有幸因为宣传这部电影，飞越太平洋来到美国洛杉矶，我的第一愿望就是看一下曾举办过两届奥运会的南加州大学纪念体育场。圣火虽已熄灭，站在那里，我心情却久久不能平静，空旷的体育场内，只见大门上醒目的奥林匹克的五环标志，四周一片寂静，导游说，到洛杉矶的人很多，少有人来这里，最近只有中国游客提出到此观光。这是中国人难忘的地方，在这里中国人实现两个奥运梦想：1932年刘长春代表中国参加奥运会，为中国人敲开奥运之门；1984年许海峰在这里实现了中国人奥运金牌零的突破。我久久不愿离开，尽管这里已不是当年刘长春比赛的模样了，但我眼前却浮现出令人激动的场面，仿佛看到肩负重托的刘长春在海上漂泊数日，不顾疲惫，决然与世界强手站在同一起跑线上，开始中国人追赶世界的起跑。我扪心自问，如果写剧本时能来感受一下，对于人物一定会有更加真切的理解，会设计出更多的富有表现力的细节，那多好啊！

我是参加由北京奥组委和北京广电局发起的“缘——北京·洛杉矶奥运寻梦之旅”电影推介活动，才有机会来到这里的。《一个人的奥林匹克》电影的宣传片把中美两国人民的情谊沟通了，我们在好莱坞环球影城举办活动，共同回望历史的脚步。应邀嘉宾有刘长

春第三子，76岁的中国工程院院士、中国环境科学研究院学术委员会主任刘鸿亮夫妇，中国第一枚奥运金牌得主、国家体育总局自行车击剑运动管理中心主任许海峰。当这部电影回到了故事发生地洛杉矶，可以想象人们期待的心情，刘鸿亮教授看到银幕上放映由李兆林饰演的刘长春冲进奥运赛场的情节时，眼里溢出泪水，仿佛看到了父亲又来到了洛杉矶。特别是华侨们看后异常振奋，美洲华侨总会联谊会秘书长黄金泉激动地说："如今，国家昌盛了，在美国举行这么有中国特色的推介活动，我们华侨感到特别自豪。"美国南加州华人联合会会长、爱国将领张治中的女儿张素久希望这部电影能在美国放映，到时候组织华人一起观看。

站在南加州大学纪念体育场，我想起了1983年去世的刘长春先生，他是多么想看到一年后1984年中国人在洛杉矶夺冠的场面，抱憾没能实现再次回访洛杉矶的愿望。我从内心崇敬刘长春先生，不仅因为我与他同食大连家乡海边的蛎蝗、咸鱼饼子，更感谢他在任第五届全国政协委员时，把自己首闯奥运会的经历，写成文史资料存储在全国政协文史馆里。现在各种媒体对于中国第一次参加奥运的宣传，都源于这篇珍贵史料。因为当时没有随团记者，也没有更多的史料。我认真拜读这些亲历亲见，字里行间真实无虚。邹继豪教授曾对我揭秘式地说过，刘长春在洛杉矶奥运期间，驻地有一个美国姑娘爱上了他，还要跟他来中国。后来刘长春告诉这个姑娘，他已经结婚有孩子了。在回忆录中，刘先生没有回避这段情节，略做了暗示，表达了美国人民对于中国人的感情。因此我后来编写一位美国姑娘与他的接触是有依据的。作为后来的全国政协委员，我有责任将这份能够滋养民族精神的宝贵资源投放在银幕上，融入中华民族的文化建设中。从三十页的文字资料要演变成3000多米的电影胶片，从一个人的奥林匹克到点燃十三亿人的民族激情，这是我应该做且值得做的事情。

一个人代表了一个民族，一部电影表达了这个民族的良心。为了中华民族的尊严敢于赴汤蹈火的一切民族英雄豪杰，我们电影都有责任把他们扛上银幕，在民族精神家园里树立永垂不朽的丰碑。

很多人问我，你写了这么多的时代主旋律影片，还不厌吗？现在是商业市场，娱乐时代，这些电影有人看吗？我记得影评家肖尔斯的鼓励之言："即使《蒋筑英》电影只有一个人看，也比那些打打杀杀的影片拥有众多观众，更有价值。岳母只给岳飞一个人刺上'精忠报国'，岳飞却带起了千军万马。从长远的意义来看，一部电影的社会效益比经济效益更重要。"这个注入满腔责任感的评论，像刺字一般地刻入我的心坎，灯塔一样照耀着我写剧的方向。

我们都生活在这个时代，感受到了时代的温度，一个饱受苦难的中华民族，正在经历前所未有的伟大社会改革，一个在艰难爬坡的人，需要营养，需要力量。一个向前发展奋斗的民族，需要的是进步的鼓声，需要照亮心灵的阳光。而以刘长春为代表的爱国精神是我们民族不可或缺的精神旗帜。一个没有英雄的民族，是一个悲哀的民族，而有了英雄却没有宣传和张扬英雄作为的民族，同样是一个愚昧的民族。中华民族自古以来就有埋头苦干的人、冲锋陷阵的人、抗击外寇的人、舍身求法的人、为民请命的人，这是中国的脊梁，他们崇高的精神和气节，已经成为鼓舞人民建设国家的精神号角。

时下各种文化思潮涌来，刺激的、麻痹的、消沉的，特别是一些带有娱乐色彩的精神摇头丸，不断地渗透在青少年之间，麻醉人们的理想，消磨人们的意志，在我们这个国度的精神花园里，还开着一片片精神罂粟。我们无法禁止各种各样的花儿竞开，各种鸟儿的鸣叫。但是，一个有社会责任感的作家，清楚地知道，百花齐放，牡丹为魁，百鸟争鸣，凤凰领唱。时代主旋律是一个国家一个民族的精神旗帜，唯有这样，才能万众一心、向前奋进。主旋律是人民的心声、国家的意志、民族的理想。

每每看到奥运赛场，当金牌挂在中国人胸前，奏响国歌之时，一下子就把电影与体育连在一起，《义勇军进行曲》是电影《风云儿女》的主题歌，编剧田汉先生呼喊着："我们万众一心，冒着敌人的炮火前进！"唱响了中华民族精神主旋律的最强音。

随着北京奥运圣火点燃，影片就要与观众见面了，历史在这一

王兴东在洛杉矶奥林匹克体育场门前

瞬间被拉近，昨天中国运动员单枪匹马悲壮赴会，今天中国奥运军团士气豪壮在家门口参加盛会，历史在这里见证了一个民族伟大复兴的脚步。当刘长春以奔跑的身影从银幕上来到我们中间，每一位被感动的中国人都会问自己，我们还有他那种为了民族的尊严，挺身而出，义无反顾，报效国家的孤胆雄心吗？

2008年3月21日于北京昌平

为奥运英雄刘长春塑像

2008年8月5日，在北京奥运会开幕前三天，一座雄健、奔放、威猛的刘长春雕像正式挺立在大连奥林匹克广场中央，为即将到来的北京奥运会献上了一份厚礼。全国人大财经委副主任委员闻世震，大连市领导张成寅、夏德仁、怀忠民、里景瑞、施中岩，市老领导于学祥、李永金以及中国大连高级经理学院院长林安西，中国工程院院士、刘长春之子刘鸿亮，大连理工大学人文社会科学院原副院长、刘长春之子刘鸿图，全国政协委员、著名电影剧作家王兴东等出席仪式。副市长朱程清主持了仪式。

刘长春这位里程碑式的人物出生在大连市小平岛河口村，是大连的城市光荣和骄傲。1932年，他为民族正义所动，一个人代表一个民族，首次参加了在美国洛杉矶举行的第10届奥运会，开创了我国现代体育先河。解放后，刘长春先生以教育为己任，在大连理工大学勤奋工作三十余载，为我国的体育教育和科研事业做出了杰出贡献。曾任中国奥委会副主席、中华全国体育总会副主席、第五届全国政协委员等职。

为了缅怀这位传奇人物的英雄伟绩，激励后人不断向上、永远进取，经由全国政协委员王兴东、徐沛东及元文学等十七位市政协委员联名倡议，市政府决定在大连奥林匹克广场铸立刘长春青铜雕像。雕像高3.8米，基座长6.4米，整体高度为4.9米，铭刻原国际奥委会副主席、中国奥委会主席何振梁先生亲笔题写的“中国奥运第一人刘长春”的金光大字。

当日上午，闻世震、张成寅、夏德仁、怀忠民、刘鸿亮等共同为雕像揭幕，来自刘长春小学的学生代表为雕像敬献了鲜花。运动员李明代表参加北京奥运会的众多大连籍教练员、运动员及全体城市体育健儿面对雕像宣誓。

揭幕仪式上，市长夏德仁发表了热情洋溢的讲话。他说，2008年，开放的中国圆梦北京奥运。虽然刘长春先生在有生之年没能看到中国选手在洛杉矶夺得首枚奥运金牌，也没能看到中国人期盼百年的奥运会在北京举办，但是他胸怀祖国、放眼世界，不畏强手、顽强拼搏，勇往直前、积极进取的精神，已经成为激励大连人民乃至全国人民投身现代化建设的宝贵财富。今天，我们在世界上第一个以奥林匹克命名的广场，矗立起刘长春先生的青铜雕像，就是为了缅怀这位传奇人物的英雄事迹，传承“刘长春精神”，激励全市人民昂扬向上、拼搏进取、奋发有为，积极投身国际航运中心建设和老工业基地振兴的伟大实践，为大连经济社会又快又好发展谱写新篇章。

在现场，刘鸿图激动地说：“在北京奥运会即将召开之际，大连市民在奥林匹克广场矗立起刘长春铜像，这不仅是对我父亲的怀念，更体现了大连市民对奥林匹克运动的热爱，对奥林匹克精神的理解和追求，彰显出大连六百万人民决心在奥林匹克精神的激励下，把大连建设得更美好、更和谐、更文明。”

据悉，刚落成的刘长春雕像是继苏军战士纪念碑、金州关向应纪念碑之后大连拥有的第三个大型纪念雕像。

这座铜像由大连理工大学建筑与艺术系的温洋老师创作。温洋参考了大量刘长春生前照片，仔细研究了刘长春从起跑到冲刺的全

王兴东采访刘长春学生、大连理工大学党委书记林安西（2004年）

过程，最后决定用一个起跑的瞬间来表现这位体育先辈的精神，并寓意中国人民由此开始迈向中华体育复兴之路。这个构思立刻得到参与这项工作的所有人的认同。在雕像初稿出来后，温洋主动征求邹继豪、林安西教授及刘长春家属的意见。刚开始时，雕像做得偏瘦，就显得人非常高，其实刘长春的身高不到1.70米。他身躯和腿很粗壮，能与十项全能运动员摔跤，所以有人形容他气壮如牛。再有就是左手臂的位置超过了脸部的中线，偏向了右侧，这与刘长春的教学和运动实践不一致，左手的前摆是严格不能超过人的中线的。温洋充分接纳了大家的意见，找到了感觉，定稿时创作得非常好，表现的是中国奥运第一人刘长春在运动场上的起跑姿势：一条腿有力地蹬离起跑器，另一条腿有力地前摆腾空而起，左右臂协调而有力地摆动，身姿充满爆发力，面部表情坚定而充满斗志。就连那微皱的眉头，也把刘长春1932年参加洛杉矶奥运会时那种一往无前和复杂的情感充分地表达了出来。

刘长春雕像的落成，包含着许多大连人的心血和努力。在奥林匹克广场建一座刘长春雕像的初始想法，形成于2007年9月。那时电影《一个人的奥林匹克》在大连的拍摄关机，林安西教授深情地提出："刘长春自强不息、不屈不挠的奋斗精神，是我们这座城市的名片和城市坐标，值得弘扬和传承。"邹继豪认为刘长春从小在大连谭家屯运动场（后为大连人民体育场）锻炼成长成才，现在的奥林匹克广场是绝佳的精神传承宝地，由此更坚定了林安西、王兴东等提议建立刘长春雕像的决心。

第二年3月，全国政协会议在北京召开。著名编剧王兴东、音乐家徐沛东都是全国政协委员，且是大连人。他们联合提交了设立刘长春雕像的提案。全国政协会议组委会及时将此提案转至大连，立即形成了大连市政协十七名政协委员联合提议关于在奥林匹克广场设立刘长春雕像的提案。经过有关部门多次批转，最后于2008年6月2日，大连市规划委员会批准同意建立。此时离北京奥运会开幕仅有两个月的时间，在这么短的时间要完成雕像的设计和创作、经费落实、铜像的浇铸、地点的选择、工程施工等工作，重担全都压在林安西身上。这期间，他还专程去北京国家体委面请中国奥委会主席何振梁先生为雕像题字，仅两天工夫就促成了这件事。

完美的雕像经历了一波三折的过程。上到立项这样的大事情，下到改错别字这样的小事情，要完成这项精品工程实在不易。林安西光电话就打了七百多个，为了及时解决问题，协调与西岗区政府、施工单位等部门的关系，经常风里来雨里去。施工后期，要在纪念碑黑金沙大理石上刻写碑文。林安西检查时，突然发现了两处错误：一是刘长春出生在1909年，错刻成1923年；二是"日本殖民当局想让刘长春代表伪满洲国参加比赛"，却刻写成"伪装满洲国"，承建方也很无奈，只好废掉重来。正是这样的一丝不苟，才让一座完美体现“刘长春精神”的雕像挺立在了大连奥林匹克广场。

林安西和邹继豪曾经是刘长春的学生，特别是林安西自1958年起就是刘长春的学生，后来他们又一起共事工作了二十多年，直到1983年刘长春故去。林安西、邹继豪知道先生曾经有一个心愿，想亲眼看到祖国举办一次奥运会，但是很遗憾，他生前没有看到心愿的实现。

刘长春雕像落成大连奥林匹克广场

刘长春教授故去后，他的骨灰一直存放在生前的居所。林安西在担任大连理工大学党委书记时，每年都会到老师家看望，每次看到老师的骨灰都想起老师心愿未了。直到2007年9月，电影《一个人的奥林匹克》在大连拍摄，林安西征求了刘长春教授家人的意见，想在2008年北京奥运会，中国人百年梦想实现时，让老师的骨灰入土为安。这样，拍一部电影、出一本书、建一个雕像、骨灰安放就成了这个大工程的四个子工程。经过近一年的努力，在大连市政府的关心下，林安西教授和许多志愿者们一起完成了这四个子工程。2008年8月5日，刘长春雕像在大连落成，刘长春教授的骨灰在他故去二十五年后终于安放在旅顺玉皇顶。正值刘长春教授诞辰百年之际，中国奥运百年梦想实现，先生未了的心愿也达成了！

肖燕　整理

由电影《一个人的奥林匹克》所怀想到的

李兆林

“五一”劳动节，夜晚的北京是可爱的。北京站。爸帮我把行李放好就下车了，只是说车上热，妈则陪我坐下，什么也没说，只是默默地给了我个苹果。许久，车开了，记得很安静，车窗很清澈，他们看着我，我看着他们，妈哭了，爸看着妈笑了。我要去的地方是大连，作为演员去体验生活，为电影《一个人的奥林匹克》进行封闭训练。

我的回忆不知为何从这里开始，就像我不知道为何好多导演都喜欢拍火车一样。与之同时，我想起了电影中刘长春逃离日军抓捕，舍弃妻儿父亲，为了奥林匹克坐上火车到北平找张学良校长，那几场戏，或许比现实揪心许多。当然，作为他的扮演者虽然无法与前者之壮举相提并论，但我当时的心情却丝毫没有接到这个角色时的兴奋——要知道作为一个演员，刚毕业的学生，这可是名导演大投资颇具影响力的一部电影。当然，这部电影对于我而言是永远值得感激的，因为它至少实现了我人生的两个理想。首先，我爱跑步，就像戏里说的“真想变成马”那样地跑，然而现实的生活和职业已

李兆林与邹继豪教授、制片人王浙滨在拍摄现场

使我与这一爱好阔别多年，我多想把“它的美好”永远留住，幸运的是我可以了——那就是胶片，致使我在电影开机前如饥似渴地练着；第二个得以实现的是我的电影梦，这个道理很简单：我是一名演员，当然这部电影是我的开始。感谢缘分，感谢导演，使我得以把逝去的美好拿回来并永远留住。

然而，美好的东西是有缺憾的，这毕竟是电影，由于各方面的因素，需要拍十条甚至更多，在规定时间里就要跑十条甚至更多，而成功被用于电影的或许是最后的，但对于我而言却是最珍贵的，我相信依然是完美的。

五月的大连是清新的，刚到的那日早上，下起了小雨，雨好像是伴着阳光轻轻地下着，在去大连理工大学的路上，觉得什么都是油亮油亮的，昨晚的疲惫和黑眼圈自动痊愈。总感觉这是个好兆头，希望一切顺利。

邹教授，年近七旬，讲起话来一口江苏口音显得慢条斯理，见他的第一感觉是他像我爷爷，所以特别亲切，的确他也像爷爷一样帮我安顿好住处，安排好生活和训练计划。

训练的感觉是又回到跑道上了，又闻到了熟悉的草坪味儿和可爱的塑胶味儿。它们像是吗啡，使我亢奋，不知疲倦和不觉伤痛。每日重复着数十次的冲刺和数十次的跳跃，上百次的交替抬腿，经历着上千次上万次比平时快出好多的心跳。然而，训练是那么的享受，可能是做过运动员的缘故，痛并快乐着，将此话做到，最大的好处就是，至于多少痛会忘却，剩下的将全是快乐。虽然每日六点起床——要知道我大概七年没经常性起这么早了，房间的窗户像块清晰的屏幕：几日阳光明媚鸟语花香，几日细雨绵绵花枝油亮，使你一大早就迫不及待地把它打开，去感触风的柔软，光的滋腻，或者是雨的清香，而那时，就好像是喝下一杯清茶，倦意全无地开始了一日的训练和学习。因为这一切是在大连理工大学进行的，并得到了院领导的支持，使我有种错觉，就是我开始了一段大学生活。每日三点一线，训练场、食堂、宿舍，闲暇时会在学校里散步，甚至有时会想一些与电影角色毫无关系的事。也从来没有像那时一样的孤单，但丝毫没有寂寞和想家。有时会觉得与这一切似曾相识，没有丝毫的陌生感，只有亲切。

在这里度过了二十多天，戏剧性的是刘爷爷在去洛杉矶船上度过的也是二十多天，这二十多天我想不管是对于我还是对于他老人家都是美好的。说到这儿，前面提到火车时压力重重的心绪，也不知何时在大连消逝，可能这也是痛并快乐的缘故吧。

黑了好多，瘦了好多，健康结实了好多，坚强了好多，执着了好多，我与刘爷爷也近了好多，返京“汇报工作”之前，我独自来到刘爷爷的雕像前，在旁坐下。“来到大连，我就是您。”我说。

六月的北京多了几分炎热，到剧组报到时，一片忙碌，像战前备战。我又见到了导演侯咏，虽一个月没见，也不自觉地由陌生变得多了几分熟悉，只是他黑了，更瘦了。记得他一见我就请我坐下，笑着说了声“辛苦了”，我当时可以从他眼中看到一丝肯定和几分长辈的关爱。而同时我也好像被莫名的压力“笼罩”着，因为眼前这位不善言谈而重于实干的男人，将会在接下来的日子中给我人生一次新的起点。

六月中旬的大连，依然被一层浪漫的海风覆盖，甚至可以抓到它，我不自觉地走到海边，游了次泳，晒了次太阳，做了次放松，因为我知道，马上要投入紧张的拍摄了。六月十五日，一个好日子，电影如期开机，那日，周围的一切都是陌生的。这个电影“知道”有我，而我好像忽然不知道什么是电影：灯光好亮，还有白布什么的在折光，摄影机在像火车轨道的小轨道上跟着我走，我平生第一次穿20世纪30年代的衣服，在30年代的街道上，30年代的人群中走着，而且我的名字在那时被人们叫作刘长春。这一切是那么可爱。

还记得第一场戏，导演甚至要求摄影师不给我贴落符地角线；还记得我曾有一个反应拍了十条；有次没跟化装老师沟通自行设计搞乱发型而没法接戏；有次拍摄间歇喝水不小心把它洒在衣服上，而让服装老师拿着电扇给我吹干；而刚开始排戏时摄影师和灯光师在调试机器焦点时，我不知道去做站位……有时我在想，我很幸运，这么多老前辈包容我，指点我，这是作为一名刚毕业的青年演员所不能忘怀的。他们让我明白世事，让我成长，让我坚强，让我更深地体会到中戏老师经常讲的：做戏先学做人。

对我而言，这么大的一部电影，导演选择没经验的我来做男主角，到现在想来除了感激就是后怕，怕这次会做不好叫人失望。中戏四年话剧表演的学习，数年的短跑经验，这或许是踏实的解释，因为不论体育还是艺术，不论话剧表演还是电影表演，其规律是相

制片人王浙滨与李兆林在拍摄现场

通的，而恰恰，我个人的气质和性格特点与导演眼中的“刘长春”是不谋而合的。巧得可爱：短跑是在教练指导下在跑道上重复着，电影表演是在导演的指导下对着摄影机重复着，前者重复费力，而后者费钱（哈哈）。于是在导演耐心细致的教导下，在剧作的指引下，在胶片一条条的陪伴下，我像匹马不停地跑了整整三个月。现在回想起来，这三个月经历太多，结了一次婚，被日本兵逮了一次，中日对抗赛赢了一次，坐船去了洛杉矶遇了一次风浪，参加了奥运会，虽败犹荣……鞋跑坏了三双，左腿拉伤，沙滩很难跑，石子老往下陷，船头很滑，导演眼睛累得红肿几次，又瘦了许多……有时想起来，自己都会分不清哪是戏哪是现实，不是我的人而是我的心，因为我一听到“刘长春”这个名字，看到他的照片，听到他的事，就好像触了电似的，全身细胞都在跳跃。其实我是不相信有种说法，就是演一个角色之后许久出不来，因为做演员虽然感性，但分析和辨别人物，选择饰演方式是理性的，而且30年代和现代完全是两个世界，然而现在，我在这儿谈论许久，真不知从哪里具体去谈这个角色是如何在导演的指导下去完成的。有时我在想，写一个此片的人物塑造表演心得，也都无从下笔，或许是忘了，或许根本就是个人本能反应完成了每个镜头，甚至不知道自以为很笨的我有没有完全达到导演的要求，还是很幸运地“我就成了他”，然而这已不是

李兆林与编剧王兴东在拍摄现场

问题，可能问导演，他也不会给我答案。总之，有喜、有忧、有哀、有怒、有失败、有成功。电影早拍完了，在那里刘长春爷爷又活了，至于接下来这一切的好与不好——当然，愿一切都好。

一个人的奥林匹克愿它成为美好的，这样，每个人的奥林匹克或许会更精彩，奥林匹克的目的是创造英雄，创造英雄的过程是净化心灵，我经过了这个电影，经过了一次净化，愿你们去经历它。怀着一颗感恩的心，愿看这篇文章的所有人快乐。

2008年3月9日晚

于北京家中

借此篇真情实感，感谢刘长春爷爷及其家属，感谢父母，感谢导演，感谢紫禁城影业，感谢制片人，感谢编剧，感谢摄影师、执行导演、灯光师等所有为这部电影付出的老师们，愿你们都好。

风雨也灿烂

《一个人的奥林匹克》总制片人手记

王浙滨

2007年，我注定要这样度过。

我的电脑里、笔记本里、日记里，我在饭桌上、睡梦中、打电话时，我的心头上、脑海里、谈话中，无时无刻不被电影《一个人的奥林匹克》塞得满满的，它几乎成为我生活的全部。

2007年，我们注定要这样度过。

我们这个摄制组，有一百多人的队伍，从北方到南方，从中国到美国，从天上到地下，从陆地到海洋，从风雨飘摇的夜晚到阳光灿烂的日子，冲破重重艰难险阻一路走来，留下了难以泯灭的记忆。

我多想把这一切都如实记录下来啊，可此时此刻，却又无从下笔。

因为影片至今还未全部制作完成，我心中的压力难以释放。这样一篇回顾文章应该经过沉淀、过滤、反思、咀嚼，空间还有距离，而我还在此山中呢。无奈，只好仓促中记下一片片碎语，凑成一篇文章。好在我们大家的一切努力都如实地记录在影片中了。

人一生要做许多事情
有些事情可以不做，有些事情必须要做

五年前，我和王兴东看到温家宝总理在美国哈佛大学的演讲，总理满怀深情地讲了一个故事：那是在解放前，我们国家只有一个运动员能够参加奥运会，他的名字叫刘长春。他是坐船到美国的，身体已经很疲惫了，他代表中国虽然没有取得优异的成绩，但就这一个人参加奥运会却牵动了全国人民的心。现在中国能举办奥运会了，是因为中国强大了，世界各国瞧得起我们了。

从那以后，“刘长春”就像一粒种子，埋在我的心里，难以忘却。

他是第一个站在世界奥林匹克舞台上的中国人，他实现了中国百年奥运梦想的第一个梦想；他虽然没有获得奖牌，但他是为奥林匹克精神奋斗的勇士，是一位了不起的民族英雄。

我们萌发了将刘长春的故事搬上银幕的念头，这念头随着2008年北京奥运会的临近，渐渐在燃烧，直到有一天烧成熊熊烈火。

王兴东把创作剧本比作“挖井”，对于一个题材，他会想方设法无休止地挖掘。他挖到了全国政协出版的《政协文史资料选辑》第70期刊载的刘长春回忆录《我国首次正式参加奥运会始末》，这三十页的亲历回忆让王兴东为剧本找到了真实有力的支点，也为人物找到了心理基调，这本小册子让他如获至宝，至今还摆在桌前。

大连理工大学党委书记林安西、跟随刘长春多年的秘书邹继豪教授，可以说是健在的“刘长春”权威发言人，王兴东及我们摄制组的主创人员都对他们进行了深入采访，聘请林安西、邹继豪教授作为我们影片的顾问，是我们的幸运。

我和王兴东还采访了奥运冠军王军霞，采访了国家体育总局田径中心的教练员，了解奥运冠军刘翔的心理特质和性格特征，寻找运动员参加国际比赛的真实感觉，这一切采访都有助于我们逼近刘长春真实的内心世界。

刘长春家乡大连小平岛也是王兴东的家乡，剧本中那些鲜活的生活细节是王兴东多年的生活积累。创作无止境，王兴东一次一次将剧本推翻，重写，几乎将自己逼到走投无路的境地。

剧本得到了国家广电总局、北京奥组委、北京市委宣传部的高度重视和充分肯定，同时也提出了意见和要求：剧本表现了刘长春逃离战争逃离苦难的家乡，拒绝代表伪“满洲国”，而是代表中国奔向洛杉矶奥运会，但不能表现狭隘的民族主义；剧本表现了中国人第一次参加奥林匹克的悲壮之举，还应从另一方面反映出今天国家的强大、民族的昌盛。

为了让剧本达到这样一个高度，我们必须进一步修改，直到开拍前，仍然在完善剧本。

时值2007年初，我必须下决心开始影片的筹备工作了。我深知这部影片的拍摄难度，因此一遍又一遍地问自己：我到底能否

王浙滨与导演侯咏、顾问邹继豪、主演李兆林在拍摄现场

445
106
中
HINA
CRAFT
JUDG

拍出一部真正体现奥林匹克精神的影片？我能否不误时机向2008年北京奥运会献上一份礼物？我能否通过影片让全世界感受到中华民族七十年间在漫漫奥运道路上不懈努力的足迹？一串串问号变成了压力，沉重地压在我的肩上。

人的一生要做许多事情，有些事情可以不做，有些事情必须要做。理智告诉我，2007年，拍摄电影《一个人的奥林匹克》，是我必须要做的事情。

每一部电影的拍摄对于我都是一次挑战。几年前，我曾经与奥地利电影艺术家合作拍摄电影《芬妮的微笑》，与法国合作拍摄电影《巴尔扎克与小裁缝》。与国外艺术家的合作让我获益匪浅，但从剧本到拍摄，操作下来也让我几近崩溃。这一次拍摄，尽管我有充分的准备，还是没有料到，后来的路会是那样艰难，应该算是我从影三十年来最难拍摄的一部电影，我想，以后也不可能有这样难的了。

我已经站在跑道上
准备好了吗

2007年4月27日，电影《一个人的奥林匹克》首次新闻发布会地点选择在奥运新闻中心。为缅怀奥运先驱刘长春，新闻发布会上首先放映了一部我们精心制作的短片《奥运先驱刘长春》。在美国洛杉矶的电影界朋友，得知我们要拍摄电影《一个人的奥林匹克》，为我们找到了记录1932年洛杉矶奥运会的珍贵胶片资料，这些珍贵的资料至今仍保存在美国国会图书馆。新闻发布会上，四分钟的黑白短片真实而震撼，全场一片肃穆。

刘长春的两个儿子刘鸿亮、刘鸿图教授专程赶来参加新闻发布会，我注意到，他们是第一次看到父亲刘长春在洛杉矶奥运会的活动画面，异常激动。曾任中国环境科学研究院学术委员会主任的刘

王浙滨在影片拍摄现场，一切筹备就绪

鸿亮院士的眼角闪着晶莹的泪光。

我一一介绍剧组主创人员上台与媒体见面。我之所以选择导演侯咏，有三个原因。一是因为十几年前我们曾在严浩导演的影片《天国逆子》中有过合作，他是影片的摄影师，我是影片的编剧；二是当时中央台正在热播侯咏导演的电视剧《卧薪尝胆》，很少看长篇电视剧的我竟然看得入迷；三是他导演的电影《茉莉花开》制作精致，人物把握到位。如果说还有第四个原因，就是我的习惯，我愿意与朋友合作。

谁来饰演刘长春，当时也有三个选择：

请世界冠军刘翔饰演刘长春（那是我们的梦想而已）；请有市场号召力的当红明星（很多明星跃跃欲试）；请有运动员经历又有表演素质的新人（多少有一点冒险）。

我倾向第二个选择，但侯咏很坚定，坚持第三个选择。

在新闻发布会上，我们公布了饰演刘长春的三个演员人选，其中之一是李兆林。李兆林曾是国家二级运动员，毕业于中央戏剧学院表演系。我第一次见李兆林，他和导演刚刚从运动场回来，满头大汗，无疑他是导演在运动场上“识马”表现最佳的一个。初次见面，他的自信给我留下了很深的印象。他说，这个角色可以说就是为我而准备的，我也是为这个角色而生的，刘长春非我莫属，我一定能演好，请制片人相信我。

在新闻发布会上，我注意到了刘鸿亮、刘鸿图兄弟第一次看见李兆林的目光，兴奋与猜测并存。从形象、气质到形体，他们的目光始终盯着李兆林，最后刘鸿亮教授坚定地说，我看这个小伙子行，他的形象接近父亲，更重要的是他身上有股劲，很像父亲。

如果说，选择剧本，确立项目，制片人要有敏锐的判断力，那选择一个好导演，搭建一个好班子，判断称职的主要演员，更是对制片人的考验，因为这将决定影片的成败。

我们的新闻发布会简约、朴素，北京市委宣传部副部长陈启刚、大连市委宣传部部长魏小鹏、电影局副局长江平、北京奥组委新闻宣传部领导到场祝贺。

电影《一个人的奥林匹克》就这样出征了。准备好了吗？我像一个站在跑道上即将起跑的运动员，紧张而又激动地等待着那一声枪响。

电影是导演的艺术
更是制片人的艺术

我们的开机仪式在刘长春的母校大连理工大学举行。那一天我们剧组的全体成员都穿上了“鸿星尔克”集团赞助的运动衫，坐在会场中央，整齐而充满活力。

2007年6月10日，对于电影《一个人的奥林匹克》的确是一个重要的日子。经过剧组全体人员三个月的精心筹备，即将开机，紫禁城影业公司精心策划了这个开机仪式。开机仪式上首先放映了剧组采访及筹备工作短片《起跑》，接着由我介绍剧组主创人员及演员一一上台。来自德国、美国、日本、英国、法国的演员都会集在我们这个小小的摄制组，来自美国好莱坞的美术师JOHN MOTT代表外国演职人员讲话。会后他对我说，他在迪斯尼、派拉蒙、华纳等公司出品的多部电影担任美术设计，参加这样隆重、庄严的开机仪式还是第一次，他为此感到荣幸。

开机仪式上，编剧王兴东的演讲激情澎湃，一连串的“我畅想……”迎来一阵又一阵的掌声。大连理工大学党委书记林安西的讲话真切坦诚，表示作为刘长春的母校将竭尽全力支持影片的拍摄。奥组委开、闭幕式部部长张和平专程赶来参加影片的开机仪式，他对未来的影片充满期待。目前，他和开幕式总导演张艺谋正夜以继日地工作，他相信张艺谋的同窗好友侯咏和剧组全体摄制人员的努力奋斗，一定会为2008年北京奥运会献上一份厚礼。

大连理工大学向剧组赠送了刘长春生前使用过的发令枪，北京奥组委新闻宣传部和影片出品方在台上同时举起三把发令枪，宣布影片《一个人的奥林匹克》开机，让开机仪式进入高潮。我屏住呼吸，等待着枪响，三、二、一……会场里一片寂静，发令失败了。原来三把发令枪都没有打开保险盖，当时我的头脑里一片空白，该不是什么预兆吧，发令枪没有打响，失败了可以再来，我们的影片可没有失败的机会呀。邹继豪教授迅速上台一一打开发令枪保险，三把发令枪再一次同时举起。上帝保佑，只能成功，不能失败，我的手已经冰冷。三、二、一……砰！枪响了，震耳欲聋，场上所有人都欢呼起来。

我们抬着花篮，排着整齐的队伍，走到刘长春体育馆刘长春雕像前，我深深地鞠一躬，心中充满虔诚。我们将在这尊雕像的注视下，开始影片的拍摄。我看到饰演刘长春的演员李兆林单腿跪下，

王浙滨在洛杉矶奥林匹克体育场门前

默默无语。他为了演好刘长春，一个月之前就来到大连理工大学由邹继豪教授进行专门训练，皮肤已经晒得黝黑发亮，身体更像一个职业运动员结实健壮。“刘长春爷爷”，他喊了一声。之后，他一直这样称呼他敬仰的这位前辈，他心中崇拜的英雄。

电影是导演的艺术，更是制片人的艺术。制片人不仅要为电影艺术质量负责，还应该为电影投资及电影市场负责。而此时此刻，影片已宣布开机，资金还没有全部落实，我的压力可想而知，不得不在开机仪式第二天飞回北京。

电影投资失败的悲剧
伴随着电影走过百年历史

2007年是北京紫禁城影业公司成立第十个年头，《一个人的奥林匹克》也是继《离开雷锋的日子》之后，我为紫禁城影业公司拍摄的第九部影片。因为这部影片要跨越国度，营造一个恢宏的历史年代，拍摄难度和预算成本超过了我以往拍摄的任何一部影片，我也从未遇到过这样大的资金压力。在影片筹备的那段日子里，因为资金迟迟不能落实，我常常夜不能寐。精通电影融资渠道和各种融资方式，是电影制片人的重要素质，赢得投资人的信任，有良好的信誉和出色的票房业绩，是制片人的职业生命。我坚信，《一个人的奥林匹克》是一部能吸引投资者、有市场空间的影片，我是一个坚定的游说者，穿梭在国有企业与民营企业中间，甚至于有的合作者已进入讨论合约阶段，可结果却又让我大伤脑筋。

眼看着开机时间一天天逼近，除了政府支持的部分资金外，其余资金还没有全部落实，我愁得经常“噩梦醒来是早晨”。

机会也就在这时悄悄降临了。

2007年“三八”妇女节，我被评为“首都巾帼十杰”。在首都庆祝“三八”妇女节的大会上，我荣幸地代表“首都巾帼十杰”发言，面对北京市委、北京奥组委领导，我坦言正在筹备拍摄的影片《一个人的奥林匹克》所遇到的资金困难。

我在发言中说，这部电影应该在北京奥运会开幕前，让全国人民重温历史，感受中国人在奥运道路上不懈努力的足迹，感受中华民族不甘屈辱自强不息的精神，从而感悟到中华民族今天走向伟大复兴的脚步！刘长春是一面旗帜，当年在海内外产生很大影响，旅美华侨曾给予他极大的热情支持。今天当奥运理念深入人心，他的形象依然是团结海内外华人的磁铁，亲切感人。

我希望这部影片能列入国家广电总局、北京奥组委的重点文化项目，希望领导能给予资金的支持……

我的发言得到了北京市委、北京奥组委领导的高度重视，北京奥组委新闻宣传部部长肖培第二天就召开了影片《一个人的奥林匹克》工作会议，会上我斗胆向肖培部长提出了急需解决的八个问题，否则影片无法开机。肖培部长当机立断，答应一定协调有关领导和部门，解决这八个问题。

那一天，我好像一下子找到组织的感觉。

《一个人的奥林匹克》很快纳入北京市委宣传部策划、北京奥组委新闻宣传部监制的影片，资金等诸多问题开始得到一项项落实。我也理性地降低了影片投资预算，我深知从电影诞生之日起，电影投资失败的悲剧就伴随着电影走过百年的历史。一个称职的制片人必须有效控制投资风险。

2007年6月15日，开机仪式五天之后，我们的影片才正式在大连开机，那天阳光灿烂。

七十五年历史如此巧合
让我们的影片多了几分庄严

1932年7月8日，短跑名将刘长春和他的教练宋君复在上海搭乘

“威尔逊总统号”邮轮，“单刀赴会”代表中国前往美国洛杉矶参加第10届奥林匹克运动会，开始了中国奥林匹克之旅的首航。

2007年7月8日，距离2008年北京奥运会仅余十三个月，一个电影摄制组怀着对奥运先驱刘长春的无限虔诚，从大连港搭乘即将退役的“旅行家号”客轮，开始了在船上拍摄影片《一个人的奥林匹克》的风雨旅程。

我站在甲板上，望着船尾翩翩飞舞的一群海鸥，望着远处风平浪静的蓝色海面，惊诧七十五年的历史竟然如此巧合，让我们的影片多了几分庄严。我知道，从这一天开始，无论遇到惊涛骇浪还是狂风暴雨，我们这艘船都不会停止前进。

“威尔逊总统号”是我们影片拍摄的三大难点之一，由船上实景拍摄、摄影棚搭建内景及特效制作组接完成。为了协调剧组上船拍摄，还要将发电车运到船上，我求助大连市委宣传部魏小鹏部长，大连市委宣传部专门为我们影片拍摄召集各有关部门开了协调会。正值大连旅游旺季，大部分船票早已卖出，让我们剧组包下一条船拍摄是不可能的。只能摄制人员和乘客一样，集体买票上船，等乘客夜晚休息了，我们再开始拍摄。军人出身的“旅行家号”船长答应配合我们的一切拍摄。为了影片的需要，我们改变了甲板的颜色，粉刷了烟囱，装饰了一些小道具，让这艘60年代荷兰制造的远洋轮船更接近30年代的“威尔逊总统号”。

我们在船上的拍摄时间只有四十八个小时，大家一上船，等不到旅客休息就开始筹备拍摄。刘长春在船上训练的一组镜头让我们从黄昏拍到夜晚，又从夜晚拍到天明。李兆林不停地在并不宽敞的甲板上和狭长的船舷中奔跑，不知跑了多少遍。导演侯咏指挥，船上的外国演员配合，从不同的角度拍摄这一组镜头。从开拍的第一天到现在，我眼前的李兆林似乎永远在不知疲倦地奔跑，他似乎和当年的刘长春一样，奔跑是他的所爱，向着太阳，向着黎明，向着大海，他身上有一股使不完的劲儿。

望着在船上艰难拍摄的这个团队，我深知，一个优秀的制片人应该是创作团队的核心与灵魂，是一个能让导演、演员和剧组成员信任的人，是一个能把剧组团结在一起，让电影顺利拍摄完毕的人。每一天每一刻，我都在为此努力着。

王浙滨、导演侯咏与洛杉矶体育馆负责人考察并合影

是海市蜃楼？
我们几乎是绝处逢生

无疑，全戏最难拍摄的部分是洛杉矶奥林匹克体育场。王兴东在创作剧本时还没有机会去洛杉矶实地考察，他一边看地图一边写作，这一部分文学剧本提供的是粗线条。

侯咏在开拍之前去美国实地考察，去洛杉矶拍摄体育场的可能性几乎没有。那么，如何在国内拍摄洛杉矶体育场，当时有三个方案：

方案一：利用地势重新建造一个体育场。

一开始我就反对这个方案，预算高且不说，关键是时间和安全。

方案二：寻找一个与洛杉矶相似的体育场。

美术和制片部门几乎跑遍了北京、大连所有的体育场，听说青岛有一个体育场，完全仿造洛杉矶纪念体育场风格建造的，我们也派人去看过了，结果都不理想，现代化设施无法回避。

方案三：改建一个旧体育场。

我们已别无选择，经过反复察看，决定改造大连甘井子体育场。美国美术师约翰拿出了设计图，美术师李宝树拿出了改造实施方案，我却犹豫不决。拆除的工程量太大，用脚手架搭建的看台保险系数差，改造周期长，各种报批手续繁多，位于市中心的体育场周围环境嘈杂，不利于影片的同期声拍摄。这些难度都让我犹豫再三，无法拍板，眼看着时间一天一天过去了，再不下决心，就会影响整个影片的拍摄进度。我心急如焚，亲自出马，解决这个全片拍摄中最难的一个场景。

还记得那天下大雨，面对着施工队拿出的几个不同的改造方案在踌躇时，美术师高国良、执行导演杨磊从现场回来几乎同时告诉我，在大连至旅顺的路上，发现了一个正在建设中的体育场，不用太大的改造，就可以拍摄。奇怪，那条路我们来来回回走了多少遍，为什么早就没有发现？难道出现了海市蜃楼？让我们绝处逢生。

第二天雨停了，我赶到现场，果然就在路边，一个偌大的体育场正在建设中，那是大连医科大学的新校区。体育场已初具规模，四周的水泥看台正好符合我们的拍摄要求，体育场入口的方向也与我们的拍摄要求基本相似，只是体育场中央需要平整，压跑道，铺草坪，工程量也不小。可相比甘井子体育场，可操作性就大多了。我立即拜访大连医科大学领导，一听说是拍摄大连短跑名将刘长春的故事，校方表示全力支持，停止正在进行的体育场建设工程，给我们挤出一个月时间，改造场地和拍摄。我欣喜若狂，不知道该怎样感谢大连医科大学，最难解决的洛杉矶体育场没想到就这样迎刃而解了，预算比原来节省了一半，时间比原来节省一半还要多。

我静静地坐在水泥看台上，看着几辆推土机同时开进体育场，剧组的美术、置景、道具、制片，电脑特效总监华龙的老郭，全都在场上忙碌起来。我心想，让那个远在洛杉矶的体育场见鬼去吧，让国内外观众尽情猜想吧，让电影界同行羡慕吧，我们就要在这里拍摄1932年洛杉矶体育场，牛吧？

台风呼啸了一夜
瞬间奥运村变为废墟

十几年的制片人生涯，让我改变了性格。过去，我是个喜欢流眼泪的人，自从干上了制片人，我告诫自己，遇到任何困难、委屈，都不能流眼泪。“莫斯科不相信眼泪”，摄制组更没有人相信眼泪，我必须让自己从脆弱变得坚强，从坚强变得顽强。

可是那天清晨，当我站在我们费时三个月、耗资三十万元亲手搭建的洛杉矶“奥运村”那片废墟上，还是忍不住暗暗流下了眼泪。

拍摄美国1932年洛杉矶奥运村，只有一个拍摄方案，遵照当年的历史资料重新搭建，既然无论在美国还是在中国拍摄都要搭建，那就只有一个选择了。

制片主任赵军和美术部门在旅顺郊区找到了一块平地，村里无偿支持我们拍摄。我高兴地给村长送了锦旗，还承诺等我们拍完了戏，就将这座美国的“奥运村”赠送给村里留作纪念，说不定日后，电影《一个人的奥林匹克》火了，奥运村拍摄外景地会成为大连市一个观光旅游景点呢。村长让我说得兴高采烈，咧开的嘴就没合上。

在奥运村搭建过程中，美国美术师约翰多次去现场指导，中国美术师高国良几乎就住在工地上，表土下是坚硬的岩石，搭建过程很费力气，真是一个不小的工程。拍摄第一天，正好我的几个好朋友从北京来探班，大家一个劲地在“奥运村”大门前拍照，还说回北京要帮着宣传，到大连别忘了去看美国的“奥运村”。

“奥运村”拍摄还算顺利，当各个国家的运动员们出入挂着国旗的“奥运村”宿舍，当运动员们在草地上训练，坐在椅子上吹口琴、弹吉他，一个充满和平、宁静气氛的“奥运村”还真有那么一点意思。

重场戏一场一场拍摄完成了，就剩下最后一个全景俯瞰镜头了，吊车、大炮、翻斗车，拍摄方案一连试了几次都没有成功，那天晚上只好收工了。晚饭之后便是没有丝毫预兆的狂风暴雨，电闪雷鸣，听说夜里还有台风登陆。我们摄制组驻地离海边不远，从我的窗子里可以看到大海，但我在那段日子里，没有一点心情欣赏这个“带风景的房间”。夜里，海风吹得人心里发毛，我望着窗外的闪电难以入睡。天快亮了，我才睡着，忽然又被电话吵醒，执行导演赵春林告诉我一个不好的消息，置景和道具在现场来电话，我们的“奥运村”被一夜台风彻底吹垮了。我不相信，当时第一个反应是抓紧修复，不能影响拍摄。电话那一头对我的指示很无奈，希望我冷静一点，马上去现场看看。

我立即爬起来驱车赶赴现场，远远地，车还没有开进“奥运村”，我已经惊呆了。昔日“奥运村”那挺拔的五环大门，好像闪了腰，斜歪着挺在那里。我急切地跳下车跑进大门，我的视野里，几乎没有一间房子是完整的，全部塌了顶，连旗杆都吹弯了，横躺在地上。修复工程是巨大的，可我不甘心花了三十万元建起的“奥运村”，顷刻间就这样不复存在了。我站在让人难以置信的废墟上，忍不住潸然泪下。

后来我得知那场台风刮倒了很多民房，给大连市造成了巨大损失。当晚我与制片主任王英武召开制片会，检查制片部门为什么没有听天气预报，没有预先得知台风的消息，没有做出更科学、更可行的拍摄计划？但是，一切已经无法挽回了。

一个职业制片人，除了应该掌控电影的整体质量和艺术水准，剧组的任何部门、任何成员都应该无法蒙蔽他。制片人还应有一个底线，无论出现怎样的逆境、险情，都没有资格抱怨和逃脱，必须面对。

再不关机
我几近崩溃

体育场的拍摄，让看台上一个个中学生在酷暑中晕倒……

超强的运动量，让外国运动员一个个倒下，李兆林带伤坚挺……

外国群众演员难寻，经纪公司闹事造成极大的拍摄困境……

连续三天狂风暴雨，剧组如同火车头困在调兵山……

演员郭家铭脸部被烟火炸伤，送回北京治疗……

在上海车墩拍摄洛杉矶街道，囊中羞涩，最终逃脱……

棚内拍摄冲击轮船甲板，水车、吊车、翻斗，有惊无险……

一个个险情至今印在记忆中，挥之不去。再不关机，我几近崩溃。

电影投资的高风险带给制片人的是高度压力和高度紧张，每部电影都会让我几近崩溃。所以我必须将自己的压力转嫁给我的创作团队，让压力变成动力。电影制片人，必须是特殊材料制成的人，抗挤压，抗击打。我还认为，一个优秀的职业制片人不是从学校里教出来的，不是提拔任命的，更不是自己封的，而是在电影制作实践中不断摔打磨炼出来的。

在好莱坞以及其他国家的电影制片体系里，制片人始终处于核心与灵魂的主导地位，在中国的电影制片中，应该将制片人的核心职能回归到制片人本来的定位，确立制片人在电影创作中的主导地位，让电影投资、决策与制作回归理性。

在美国《电影辞典大全》中是这样阐述“制片人”的。

> 制片人是电影的创作者、电影制作的统筹者、电影创作的权威管理者，是电影制作的总负责人、电影制作团队的灵魂与核心人物，是电影创作的评判者；
>
> 制片人是对电影投资唯一负责的人；
>
> 制片人要有极强的艺术创造力、极高的电影感觉和艺术修养；
>
> 制片人还要比商人精明，比商人更具商业头脑，因为他要在电影艺术创作、电影质量和商业回报之间取得最佳平衡；
>
> 制片人是最懂电影的人，精通一切电影制作环节，控制电影制作每一个部门的工作；
>
> 制片人没有解决不了的问题，天下事难不倒制片人。
>
> …………

如果十年前，我在抉择是否做制片人时，看到以上这些文字，我也许会退却。人生没有如果。我认为给制片人这样的定位是正确的，中国电影业缺乏真正的高素质的专业制片人，中国电影制片领域的非专业化和非职业化是阻碍中国电影工业化发展的根本所在。

我喜欢和导演以及我的合作伙伴平等合作，互相尊重，互相信任，如果达到互相欣赏，彼此默契，合作将更为愉快。

还记得那一天阳光灿烂，我们登上了司马台长城，全片拍摄已近尾声。汽车只能开到长城脚下，所有的机器设备都要人工扛上去，摄影师阿炳脚踏实地，带着一伙年轻人非常有战斗力，来来回回跑了好多趟。大家都很辛苦，但很快乐。雄伟的司马台长城好像是专门为我们准备的天然拍摄场所，荒山野草，游客寥寥，大家放开嗓子呼喊，李兆林更是豪情满怀地唱起来。不到长城非好汉！我提议拍摄一张剧组“全家福”，从开机到现在，每天拍摄紧紧张张，还没拍过一张合影呢。大家聚在城墙上，拍了一张又一张，后来照片洗出来，我发现，每一个人的脸上都洒满了阳光。

北京·洛杉矶
我们的奥运寻梦之旅

从北京到洛杉矶的距离是四万一千公里，即使横跨太平洋最强劲的暖流，也无法连接这两座城市。

七十六年前在洛杉矶，一个叫刘长春的中国人第一次走入了奥林匹克赛场。

七十六年中还是洛杉矶，一个庞大的新中国奥运军团走进同一个赛场，许海峰为中国实现了奥运金牌零的突破！

七十六年后，北京与全世界一道共同见证一个奥林匹克伟大时代的到来，影片《一个人的奥林匹克》跨越太平洋来到洛杉矶，追寻中国奥运之根。

2008年元旦，北京市广电局、北京紫禁城影业公司《一个人的奥林匹克》摄制组及刘长春之子刘鸿亮院士、中国奥运首枚金牌获得者许海峰组成了一个代表团，在洛杉矶好莱坞环球影城举办“缘——北京·洛杉矶奥运寻梦之旅”文化活动。

刘长春之子刘鸿亮院士一同来到洛杉矶，参加电影海外宣传

洛杉矶市市长、加州奥组委主席、好莱坞电影界名流、华人华侨、美国数十家媒体亲临活动现场。据说，在美国举行如此隆重的中国电影海外推广活动，还是第一次。

走在好莱坞星光大道上，我猜想，当年在洛杉矶参加奥运会的刘长春会不会想到七十六年后，在第29届奥运会即将在北京举行之际，他独闯洛杉矶奥运会的故事会被拍成电影并重返洛杉矶？这就是历史，这就是奥林匹克留给人类的财富。

“缘——北京·洛杉矶奥运寻梦之旅”电影《一个人的奥林匹克》海外推广活动1月3日在环球影城拉开帷幕。刘鸿亮院士满怀深情地讲述了父亲1932年参加奥运会的历史，那一年他刚刚出生，如今已经是七十六岁的老人，追寻父亲的奥运之旅来到洛杉矶，他感到十

王浙滨、王兴东与好莱坞的合作者一同走上红地毯出席影片宣传活动

王浙滨与著名表演艺术家卢燕在洛杉矶出席影片宣传活动

分荣幸，遗憾的是父亲1983年已经去世，没有机会看到中国获得第一枚奥运金牌，更无法想象中国会举办奥运会。

大将风度的许海峰讲述了自己获得第一枚奥运金牌的经历，称洛杉矶是他的“福地”，他曾在这里获得五枚金牌，他说之所以能获得金牌，最重要的是因为没有压力，只想到如何发挥出自己的最高水平。无论许海峰以怎样淡定、从容的口气讲述自己的传奇经历，入行仅仅两年就获得了奥运金牌，这不能不说是奥林匹克的一个奇迹。

我荣幸地代表影片《一个人的奥林匹克》制作人员在晚会上做了简短的演讲。我说，我们摄制组在洛杉矶大学资料馆里，寻找到了一段十分珍贵的胶片，虽然很短，不到一分钟，但真实记录了1932年一个叫刘长春的中国人站在第10届洛杉矶奥林匹克运动会的跑道上。七十六年后的今天，我们有幸将这个故事搬上银幕。来自美国、英国、法国、德国、日本以及中国台湾和中国香港地区的演职人员参加了影片的拍摄，我们就像一个大家庭，平等、信任、友爱，克服了重重困难，终于完成了影片的拍摄。在2008年北京奥运会倒计时一百天时，将举行全球首映。这部影片是献给中国观众的，因为十三亿中国人敬仰这位中国奥运先驱；这部影片也是献给美国观众的，因为它记录了一位中国运动员曾经漂洋过海只身踏入洛杉矶奥运会的真实故事；这部影片更是献给全世界观众的，因为奥林匹克属于全人类！

我的演讲赢得了掌声，我们制作的四分钟《一个人的奥林匹克》影片片花，赢得了在场所有中外观众的喝彩。

2008年的新年钟声，我是在洛杉矶海岸听到的，我遥望着星光下深蓝色的海面，遥望着东方，心中充满欣慰。

在此，我诚挚地感谢在影片筹备、拍摄、宣传、发行中，一切支持我的领导、老师、同事、朋友，感谢我的创作团队及合作伙伴，是你们的努力让电影《一个人的奥林匹克》虽历经风雨，终制作完成，即将于北京奥运前夕与观众见面，为此，我感到骄傲。

2008年3月30日　午夜

主创人员在香港出席影片启动仪式庆祝晚会

补记

这部书由北京十月文艺出版社再版，当我重新校对制片人手记《风雨也灿烂》时，看到文稿最后落笔时间为“2008年3月30日　午夜”。忽然间忆起往事，内心忍不住颤抖，思绪无法“定格”在那一刻，便挥笔写下这篇文字。

还记得2008年5月初，我们筹备、拍摄两年，历尽艰辛，倾注心血，终于完成电影《一个人的奥林匹克》，并确定5月16日在北展剧场举办全球首映庆典暨电影人迎奥运大型文艺晚会。晚会主办单位是国家广电总局电影局、北京市委宣传部、北京奥组委新闻宣传部，承办单位是北京紫禁城影业公司和CCTV6电影频道节目制作中心。

还记得2008年5月12日下午2点，正当我们在电影频道开会落实首映礼具体议程时，现场有人接到电话，传来汶川发生大地震的消息……当时我们谁也没有料到这场大地震后来产生的灾难。首映礼邀请嘉宾近2000人，剧场正在装台，邀请函已经发出。但当时大家都没有心思继续开会了，纷纷给亲朋好友打电话。很快，我们接到通知，剧组和电影频道节目组负责人明天到广电总局紧急开会。当晚《新闻联播》节目播出，中央领导已经赶赴灾区指挥抢险救灾，要求社会各界第一时间支援抗震救灾第一线。为表达全国各族人民对汶川大地震遇难同胞的深切哀悼，国务院决定，2008年5月19日至21日为全国哀悼日，停止一切娱乐活动。《一个人的奥林匹克》首映礼是否算娱乐活动？我们这场筹备已久的活动是取消、推迟还是如期举行？经过一系列的汇报请示，经过十几个小时的苦苦煎熬与等待，5月13日下班前，终于接到总局通知，首映礼5月16日晚如期举行，“电影人迎奥运”主题活动改为“电影人万众一心、抗震救灾、迎接奥运”。晚会活动内容至少调整一半，迅速创作与抗震救灾有关

电影《一个人的奥林匹克》首映礼邀请函

编剧王兴东代表剧组在首映礼上朗诵诗歌

的节目。

接下来的三天三夜，我几乎都是在北展剧场度过的。时任电影局副局长江平发挥人脉优势，立即从全国协调老中青电影演员来京，并临时编排节目。电影频道节目部主任唐科组织栏目组重新拟定节目单，导演组重写起草撰稿词。我请编剧王兴东代表剧组写一首诗准备朗诵。还有一个重要任务等待我落实，那就是邀请许海峰老师及多位奥运冠军5月16日晚从机场赶到北展剧场，准时出现在舞台上，结合个人经历激情展望即将召开的2008年北京奥运会……

那晚的首映礼让我终生难忘！我站在大厅门口，迎接秦怡、于洋、于蓝、葛存壮、王晓棠、田华、谢芳、斯琴高娃等二百多位来自全国各地的艺术家光临首映礼。时任国家广电总局副局长赵实也来到了现场，她与众多艺术家一样，提着包一进门就在捐款箱前排起了长队。

就在那晚，秦怡老师拿着存折上了台，她说接到电话就立即飞来了北京，来不及取款，她准备向灾区人民捐出多年积蓄20万元，回到上海就去银行办理。斯琴高娃老师提着一个布袋上台，她说这是10万元现金，来不及找红十字会，只好亲自带来了。那天晚上，我的眼睛始终是湿润的，当我代表剧组将罗格主席亲笔签名的《一个人的奥林匹克》电影海报捐赠给中国电影博物馆的时候，当我们全体主创最后上台捐款并向所有专程赶来参加首映礼的电影艺术家们深深鞠躬致谢的时候，我的心在沸腾，在呼喊：感谢电影，感谢生活，感谢时代！

据悉，那天晚会现场共捐出数百万元人民币。当我开车回家时已经是深夜了。我一边开车一边打开收音机，没想到收音机里突然传出我们电影《一个人的奥林匹克》主题歌《站起来》。这首主题歌是由成龙、韩红、王力宏、孙燕姿共同演唱的。寂静的夜空，熟悉的旋律，我一边听一边任眼泪流淌。“站起来，我的爱牵着山脉，奔跑才有了期待。起点写着我的未来，终点没有成与败……”

七十六年前，刘长春第一次站在奥林匹克的起跑线上，那是一个人的奥林匹克，他向世界宣告：中国人来了！

七十六年后，是13亿人的奥林匹克，中国将举办奥运会，与世界分享“更快，更高，更强”的奥林匹克格言，并向世界宣告：中国人站起来了！

在废墟上站起来！在灾难中站起来！

跑过的精彩，依然在……

2021年12月9日　深夜

站起来

站起来

舒 楠 作曲
王平久 作词

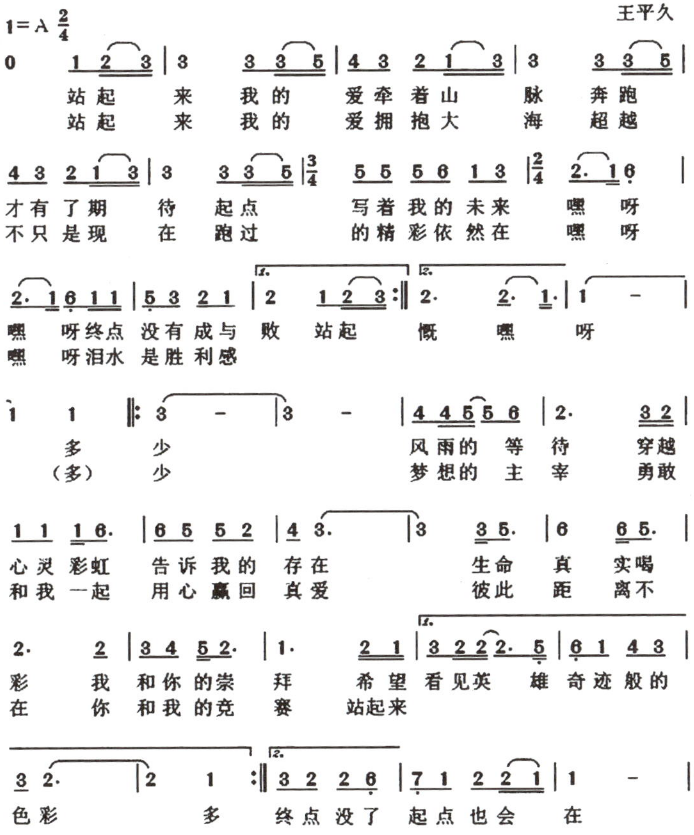

影片作曲舒楠与成龙在录制《一个人的奥林匹克》主题歌

图书在版编目 (CIP) 数据

一个人的奥林匹克 / 王兴东等著. — 北京 : 北京十月文艺出版社，2022. 2
（奥林匹克三部曲）
ISBN 978-7-5302-2199-0

Ⅰ. ①一… Ⅱ. ①王… Ⅲ. ①电影剧本—中国—当代 ②传记文学—中国—当代 Ⅳ. ① I217. 1

中国版本图书馆 CIP 数据核字 (2021) 第 231511 号

一个人的奥林匹克
YIGEREN DE AOLINPIKE
王兴东　等著

出　　版　北 京 出 版 集 团
　　　　　北京十月文艺出版社
地　　址　北京北三环中路 6 号
邮　　编　100120
网　　址　www.bph.com.cn
发　　行　新经典发行有限公司
　　　　　电话（010）68423599
经　　销　新华书店
印　　刷　河北鹏润印刷有限公司
版　　次　2022 年 2 月第 1 版
　　　　　2022 年 2 月第 1 次印刷
开　　本　710 毫米 ×980 毫米 1/16
印　　张　13
字　　数　150 千字
书　　号　ISBN 978-7-5302-2199-0
定　　价　68.00 元
质量监督电话　010-58572393
如有印装质量问题，由本社负责调换。